Klarant Verlag

Alfred Bekker ist ein bekannter Autor von Krimis, Fantasy-Romanen und Jugendbüchern. Seine Romane erreichten eine Gesamtauflage von über 3 Millionen Exemplaren und wurden in zahlreiche Sprachen übersetzt. Väterlicherseits stammt seine Familie aus Ostfriesland. Sein Großvater war jahrzehntelang Bürgermeister von Twixlum, die dortige Thedastraße ist nach seiner Großmutter benannt. Er selbst lernte als Zehnjähriger auf dem Großen Meer das Segeln und kehrte auch später mit der eigenen Familie immer wieder im Urlaub dorthin zurück. So lag es für ihn nahe, diese Gegend auch zum Schauplatz seiner Kriminalromane zu machen.

Alfred Bekker

Norderneyer Mordgeständnis

Die Inselermittler: 5. Fall

Ostfrieslandkrimi

Klarant Verlag

Klarant Verlag, www.klarant.de – www.ostfrieslandkrimi.de
ISBN: 978-3-96586-860-1
1. Auflage 2023
Umschlagabbildung: Klarant Verlag

Printed in the EU.

Kapitel 1

Kommissar Manno Lewert saß in seinem Büro auf der Polizeiwache in der ostfriesischen Küstenstadt Norden und genehmigte sich eine Tasse Tee. So etwas musste zwischendurch einfach mal sein. Ein Tee mit Kluntjes und Milch. Dass es ein warmer Tag war, änderte daran nichts. Heißer Tee an einem heißen Tag war besser als irgendein Kaltgetränk, fand der Kommissar. Und davon abgesehen war es in Ostfriesland nie so heiß wie anderswo. Dafür sorgte die frische Meeresbrise von der Nordsee. Norden hatte mal Nordendi geheißen, was bedeutete, dass es das nördlichste Ende war. Noch nördlicher ging nicht – dann kam nur noch die Nordsee und natürlich die Inseln. Norderney lag quasi direkt vor der Haustür, und vom nahen Anleger in Norddeich-Mole fuhren regelmäßig die Fähren hinüber zur Ferieninsel. Vor mehr als tausend Jahren waren die Wikinger von den Bewohnern Nordendis in einer Seeschlacht zurückgeschlagen worden. Daran erinnerte ein Zeitungsartikel, der ausgebreitet auf dem Schreibtisch lag und den er sich in seiner Teepause zu Gemüte geführt hatte. Ein pensionierter Lehrer und Hobby-Historiker hatte den Artikel verfasst. Jobst Bunsema hieß der, und Manno Lewert konnte sich noch gut daran erinnern, wie er selbst bei ihm Unterricht gehabt hatte. Herr Bunsema kam inzwischen nur noch ab und zu aufs Festland nach Norden, wie in dem Autorenporträt zum Artikel festgehalten war. Heute lebte er nämlich überwiegend auf Norderney.

Der hat es besser als ich, dachte Manno Lewert. Bei dem Kriminalhauptkommissar war es nämlich genau umgekehrt. Er arbeitete überwiegend auf dem Festland in Norden. Nur ab und zu fuhr er mit der Fähre rüber nach Norderney. Normalerweise dann, wenn es einen Mord gab und die dortige Polizeiwache von Polizeiobermeister Tjark Drönkemeier seine Unterstützung brauchte.

In diesem Moment wünschte sich Manno Lewert zwar nicht unbedingt, dass irgendwo auf Norderney ein Mord geschah, aber ein kleiner Zwischenaufenthalt auf der Insel wäre im Augenblick genau das Richtige gewesen. Selbst an den heißesten Tagen war es auf den Inseln einfach immer ein bisschen frischer als auf dem Festland – so wie es an der Küste frischer war als im Binnenland.

Der Kommissar trank in aller Ruhe seinen Tee aus und las den Artikel zu Ende.

Jemand klopfte an der Tür. Sein Kollege schaute herein.

»Manno?«

»Ja?«

»Wir brauchen mal deine Hilfe.«

»Worum geht es?«

»Um einen Mord auf Norderney.«

»Ist nicht dein Ernst!«

»Doch, ist es, Manno!«

»Ich komme sofort!«

»Ist gut.«

Der Kommissar trank seinen Tee aus und schüttelte dann nachdenklich den Kopf. »Wenn man vom Teufel spricht!«, murmelte er.

*

»Wir kommen nicht weiter«, sagte der Kollege. Sein Name war Oldendorf und er war Mitte dreißig, also gut zwanzig Jahre jünger als Manno Lewert. Kommissar Oldendorf war seit ein paar Jahren auf der Wache in Norden. Und er trank Kaffee. Das war Manno Lewert schon aufgefallen. Für einen gebürtigen Ostfriesen ungewöhnlich.

Die beiden Kommissare konnten durch eine Spiegelwand in einen Verhörraum sehen. Da saß ein Mann mit roten Haaren und rotem Gesicht unruhig an einem Tisch.

»Wer ist das?«, fragte Manno Lewert.

»Genau das wissen wir noch nicht genau.«

»Wie bitte?«

»Der Mann will uns seinen Namen und seine Adresse nicht verraten. Eine Vermisstenmeldung liegt nicht vor.«

»Und warum ist er aufgegriffen worden?«

»Er ist nicht aufgegriffen worden«, sagte Oldendorf.

»Und warum sitzt er dann hier?«

»Er hat sich selber gestellt und behauptet, er hätte ein Verbrechen begangen. Er hätte eine Frau umgebracht, die er kurz vorher fotografiert hat. Und zwar am Strand von Norderney.«

»Hat der Kollege Drönkemeier von der Norderneyer Wache sowas bei uns gemeldet?«

»Nein. Dort ist kein Mord aufgefallen.«

»Naja, das muss ja nichts heißen.«

»Wieso?«

Manno Lewert zuckte mit den Schultern. »Es kann ja auch einfach sein, dass die Leiche noch nicht gefunden wurde.«

»Wie auch immer, es wäre nett, wenn du das Gespräch mit dem Mann da vorne fortführen würdest. Mit mir will er nicht mehr reden.«

»Wieso nicht?«

»Ich würde in Wahrheit zu den Verbrechern gehören.«

»Welchen Verbrechern?«

»Die, die die Welt beherrschen, ohne dass jemand es merkt, Manno! Noch nie was davon gehört?«

»Du bist der Erste, der mich darauf hinweist.«

»Ich werde mich mal bei den geschlossenen Psychiatrien in der Umgebung umhören, ob da vielleicht jemand entlaufen ist. Das klingt für meine Begriffe schon alles sehr seltsam.«

»Kann ich das Foto mal sehen? Das Foto von dem angeblichen Mordopfer, meine ich.«

Der Kollege Oldendorf hielt Kommissar Lewert ein Handy hin. Auf dem Schirm war eine junge Frau zu sehen. Dunkles Haar, blaue Augen, ausgesprochen hübsch.

»Sieht aus wie ein Model«, sagte Lewert.

»Wir versuchen herauszufinden, wer das ist und woher das Foto kommt.«

Herr Oldendorf zog die Hand mit dem Handy wieder zurück. Aber Kommissar Lewert hatte noch nicht genug gesehen. »Einen Moment noch.«

»Was ist denn, Manno?«

»Ich will nochmal draufgucken.«

Oldendorf hielt es ihm unter die Nase. Manno Lewert nahm das Gerät an sich und veränderte den Zoom des Bildes.

»Wonach suchst du, Manno?«

»Es geht mir um den Hintergrund. Siehst du das da?«

Er zeigte es dem Kollegen Oldendorf. Der runzelte verständnislos die Stirn.

»Keine Ahnung, was du da entdeckst, Manno.«

»Ich meine das Ding im Hintergrund.«

»Sieht aus wie … Keine Ahnung. Da ist nur ein ganz bisschen auf dem Bild!«

»Ich kenne die Stelle«, behauptete Lewert. »Das Ding da gehört zu dem Wrack, das dort in den 1960ern gestrandet ist. Deswegen muss das am äußersten östlichen Ende der Insel sein. Da kommt man nur zu Fuß hin.«

Herr Oldendorf atmete tief durch. »Na, sind wir ja wenigstens einen Schritt weiter. Allerdings wäre es mir lieber, wir wüssten, wer diese Frau und der Typ da drinnen ist.«

»Immer mit der Ruhe«, sagte Lewert. »Das kriegen wir alles der Reihe nach raus.«

*

»Moin«, sagte Manno Lewert, als er den Verhörraum betrat, in dem der unbekannte rothaarige Mann saß. »Mein Name ist Manno Lewert. Ich bin Kriminalhauptkommissar hier bei der Kripo in Norden.«

»Moin«, sagte der Mann. Er sprach kurz und knapp. Ein Blick fixierte Lewert und verriet großes Misstrauen.

Lewert setzte sich.

»Wie darf ich Sie denn nennen?«

»Das ist ein Trick.«

»Das ist kein Trick, das ist einfach eine Frage.«

»Wenn Sie meinen Namen kennen, dann bekommen Sie mentale Macht über mich …«

»Nee, ich will einfach nur wissen, wie ich Sie ansprechen soll. Glauben Sie mir, da ist kein Hintergedanke dabei. Und abgesehen davon kennen Sie ja nun auch meinen Namen. Das erleichtert einfach das Gespräch miteinander. Aber wenn Sie das nicht wollen, dann können wir ja auch so anfangen: Sie sagen mir einfach nur Ihren Nachnamen.«

Er zögerte.

»Oder meinetwegen auch nur Ihren Vornamen, wenn ich Sie mit dem Vornamen ansprechen soll«, fuhr Lewert fort.

»Sie lullen mich jetzt ein. Das hat Ihr Kollege auch schon versucht. Und am Ende läuft es darauf hinaus, dass Sie mich manipulieren. Darauf läuft es immer hinaus.«

»Wie Sie wollen, dann machen wir ohne Namen weiter.«

»Das wäre mir erst einmal lieber.«

»Sie haben meinem Kollegen gegenüber angegeben, dass Sie eine Frau umgebracht hätten.«

»Ja, das stimmt.«

»Und Sie haben ein Foto davon gemacht.«

»Ich habe ein Foto von der Frau gemacht. Aber ich habe natürlich kein Foto davon gemacht, wie ich sie umgebracht habe.«

»Ja, entschuldigen Sie meine unpräzise Ausdrucksweise«, sagte Kommissar Lewert. »Als Sie das Foto gemacht haben, lebte die Frau noch. Ich habe das Foto gesehen.«

»Dann wissen Sie ja auch, dass ich die Wahrheit spreche.«

»Wir müssen den Sachverhalt jetzt genau aufdröseln, Herr … Ach ja.«

»Wann bekomme ich denn mein Handy zurück?«

»Das weiß ich jetzt noch nicht. Aber ich kann gleich mal den Kollegen fragen, ob er es noch braucht.«

»Der Kollege gehört zur anderen Seite. Zu den Verbrechern, die aus dem Hintergrund heraus alles beherrschen. Wenn Sie es dem gegeben haben, dann bin ich in Lebensgefahr. Und Sie auch.«

»Meinen Sie die Verbrecher, zu denen auch die junge Frau gehörte?«

»Ja.«

»Wie haben Sie das erkannt?«

»Was?«

»Dass die Frau zu den Verbrechern gehört?«

»Weil sie sich mit ihnen getroffen hat. Und weil dabei Geld gegen Rauschgift getauscht wurde.«

»Geld gegen Rauschgift?«

»Ja. Als das Schiff kam.«

»Welches Schiff?«

»Davon habe ich Ihrem Kollegen noch nichts gesagt. Weil, der gehört ja dazu. Und wenn der wüsste, dass ich von dem Schiff weiß, dann bin ich tot. Verstehen Sie mich?«

»Schön, dass Sie mir so weit vertrauen, dass Sie mir von dem Schiff erzählt haben«, sagte der Kommissar, und dabei zwang er sich dazu, das Seufzen zu unterdrücken. »Wollen Sie vielleicht eine Tasse Tee?«

»Nein. Ich weiß doch nicht, was da drin ist.«

»Was befürchten Sie denn?«

Er zuckte mit den Schultern. »Gift? Eine Wahrheitsdroge … Was weiß ich.«

»Aber Sie haben nichts dagegen, wenn ich ein bisschen Tee trinke«, sagte Lewert.

»Nein. Aber passen Sie auf, dass Ihnen niemand was reintut. Da muss man immer aufpassen. Man hört so viele Geschichten von K.-o.-Tropfen, von Drogen, die einem in das Glas geschüttet werden, und von anderen furchtbaren Sachen.«

»Ich hol mir dann mal meinen Tee«, sagte Lewert und dabei dachte er: Ich glaub, das dauert etwas länger hier.

*

Wenig später saßen sie sich dann wieder gegenüber. Auf dem Tisch standen Tee und Kekse. Natürlich hatte Lewert auch eine zweite Tasse mitgebracht. Sozusagen für alle Fälle.

Nachdem Lewert dann etwas getrunken hatte, wollte sein Gesprächspartner dann doch auch einen Schluck Tee.

Dachte ich es mir doch, dass er langsam durstig ist, dachte Lewert. Aber offenbar hatte der Mann erst beobachten wollen, ob irgendetwas im Tee war. Und jetzt, da er bei Lewert keine Veränderungen festzustellen glaubte, traute er sich auch selbst zu trinken. Dasselbe Spiel wiederholte sich dann bei den Keksen.

Essen ist immer der Anfang der Kommunikation, dachte Lewert. Essen und Trinken. Das war seit Menschengedenken so. Und vielleicht war das ja auch in diesem ziemlich verworrenen Fall so. Zumindest hatte Lewert die begründete Hoffnung, dass es so war.

»Und jetzt gehen wir die ganze Geschichte von Anfang an durch«, sagte Lewert.

»Sie glauben mir?«

»Ich glaube Ihnen erstmal jedes Wort. Es sei denn, Sie erzählen mir Quatsch.«

»Ich erzähle Ihnen keinen Quatsch, Herr Lewert.«

»Dann habe ich ja auch keinen Grund, Ihnen nicht zu glauben.«

»Ja, das stimmt natürlich.«

»Also, Sie haben sich hier auf der Wache gemeldet, weil Sie eine Frau umgebracht haben.«

»Die zu den Verbrechern gehört. Das war gewissermaßen Notwehr!«

»Wann sind Sie dieser Frau zum ersten Mal begegnet?«

»Ich war auf Norderney. Kennen Sie sich da aus?«

»Ja, ein bisschen.«

»Waren Sie schon öfter dort?«

»Ich bin regelmäßig dort, wenn ich dort beruflich zu tun habe. Aber eigentlich geht das Spiel so, dass ich die Fragen stelle und Sie mir antworten.«

»Entschuldigung.«

»Wo war das, als Sie diese Frau fotografiert haben?«

»Kennen Sie das Ostende der Insel?«

»Wo das gestrandete Schiffswrack liegt und man bis nach Juist sehen kann.«

»Ja, genau. Da war ich. Als ich weggehen wollte, da kam sie mir entgegen. Ich hatte gleich so ein komisches Gefühl.«

»Ein komisches Gefühl?«

»Sie sah mich so eigenartig an.«

»Und dann?«

»Ich dachte, ich mach ein Foto. Wer weiß, wozu es gut ist. Sie hat das nicht gemerkt. Ich hatte das Handy einfach so in der Hand und habe die Kamera betätigt.«

»Wie ging es weiter?«

»Sie hat sich nochmal umgedreht, und ich mich auch.«

»Hatte sie doch etwas bemerkt?«

»Keine Ahnung. Aber mir war gleich klar, dass mit ihr etwas nicht stimmt.«

»Woran haben Sie das gemerkt?«

»Kann ich nicht sagen. Ein Gefühl. Und außerdem habe ich sie beobachtet, wie sie sich mit den anderen Gangstern getroffen hat.«

»Was für andere Gangster?«

»Ihre Komplizen. Die kamen mit einem Schiff. Als die Komplizen weg waren, habe ich sie umgebracht.«

»Und wie genau haben Sie sie umgebracht?«

»Weiß ich nicht mehr.«

»Es ist nicht so ganz einfach, einen Menschen zu töten«, sagte der Kommissar. »Es gibt da verschiedene Möglichkeiten.«

»Ich weiß es nicht mehr.«

»Hatten Sie eine Waffe?«

»Nein.«

»Messer? Schusswaffe? Etwas, das man als Schlagstock benutzen kann?«

»Nein.«

»Aber wie haben Sie sie dann umgebracht?«

»Ich glaube, ich habe sie erwürgt. Ja, bestimmt habe ich sie erwürgt.«

»Und wo ist dann die tote Frau geblieben?«

»Ich weiß nicht mehr genau. Ich glaube, ich habe sie im Sand vergraben.«

»Aber Sie müssen sich doch daran erinnern.«

»Es tut mir leid. Mein Kopf ist leer. Das müssen die Strahlen sein.«

»Welche Strahlen?«

»Die Strahlen, mit denen unsere Gehirne manipuliert werden. Haben Sie noch nichts davon gehört?«

Lewert nahm einen Schluck Tee.

»Nee, um ehrlich zu sein, das war mir neu«, sagte er ruhig und ohne sich irgendetwas anmerken zu lassen.

*

In diesem Moment ging die Tür auf. Der Kollege Oldendorf sah Lewert mit einem vielsagenden, ernsten Blick an. »Kommst du mal eben raus, Manno!«

»Mit Ihnen rede ich nicht!«, rief der Mann.

»Keine Sorge. Ich mit Ihnen auch nicht«, gab Oldendorf zurück.

»Sie sind einer von denen!«

»Ja, ja. Gelaber Rhabarber.«

»Ich komme gleich wieder zu Ihnen«, versprach Kommissar Lewert unterdessen und warf dann dem Kollegen Oldendorf einen tadelnden Blick zu.

»Bin eben nicht so sensibel mit den Irren wie du«, sagte Oldendorf, nachdem die Tür hinter ihnen geschlossen war und sie unter sich waren.

»Ich nehme an, es gibt irgendetwas Neues«, stellte Lewert fest und ging auf die Bemerkung seines Kollegen nicht weiter ein.

»Und ob! Also, der Mann heißt Tobias Kortmann. Er gehört eigentlich in eine geschlossene Anstalt in der Nähe von Oldenburg, ist von dort nach einem begleiteten Ausflug in die Stadt entwichen.«

»Na, immerhin. Dann sind wir ja schon mal einen Schritt weiter«, sagte Lewert.

»Tobias Kortmann wird als nicht gefährlich eingestuft. Zumindest ist er nie wegen Gewalttätigkeit aufgefallen. Allerdings hat er Wahnvorstellungen und glaubt, dass er von Verbrechern verfolgt wird, die sich überall gegen alles und jeden verschworen haben.«

»Und mit Strahlen die Gehirne manipulieren«, ergänzte Lewert.

»Ach, das hat er dir auch schon erzählt …«

»Das und ein paar andere Dinge.«

»Manno, der Fall ist für uns erledigt.«

»Aber die tote Frau?«

»Kortmanns Spezialität ist es, falsche Geständnisse abzugeben. Das letzte Mal ist er in den Süden Deutschlands unterwegs gewesen und nicht in den Norden. Er hat angeblich 14 verschiedene Morde begangen. Von einem hatte er in der Zeitung gelesen, die anderen sind nie passiert. Die hat er sich einfach ausgedacht. Damit ist Herr Kortmann im Laufe der Zeit immer wieder aufgefallen.«

»Warum macht jemand so etwas?«

»Vielleicht, um beachtet zu werden. Mal ehrlich, hätten wir ihm zugehört, wenn er einfach nur von dieser Dr. Mabuse-ähnlichen Verbrecherorganisation gefaselt hätte? Aber wenn jemand einen Mord gesteht, dann ist das etwas anderes. Dann hören wir berufsbedingt gleich zu und müssen das ja auch erstmal ernst nehmen.«

»Was ist mit der Frau auf dem Handyfoto?«, fragte Lewert. Irgendwie ließ ihm die Sache keine Ruhe. Auch wenn Tobias Kortmann ein amtlich bestätigter Wahnsinniger war, so wollte er doch auf gar keinen Fall einen Mord übersehen.

»Das Handyfoto? Das ist irgendeine Frau. Wir wissen nicht, wer das ist. Aber über das Handy selbst haben wir inzwischen mehr herausgefunden.«

Kommissar Lewert hob die Augenbrauen. »Und was?«, fragte er.

»Es gehört nicht Herrn Kortmann, sondern wurde als gestohlen gemeldet. Die Besitzerin heißt Ann-Kathrin Lößmann aus Emden. Sie glaubt, dass ihr das Handy am Bahnhof Emden-West gestohlen wurde. Und das würde auch passen.«

»Inwiefern?«

»Falls Kortmann tatsächlich Richtung Norderney unterwegs war, ist er vielleicht in Emden-West umgestiegen.«

»Das sollten wir überprüfen.«

»Manno, der Fall ist gelöst. Und der Rest geht uns nichts an. Also, wozu noch weitere wertvolle Ermittlungszeit verschwenden? Aber danke, dass du dich mit dem Herrn Kortmann eine Weile unterhalten hast. Das war sicher Schwerstarbeit.«

»Naja …«

»Selbst mit einer Tasse Tee.«

»Gib mir doch bitte nochmal das Handy«, sagte Lewert an den Kollegen gewandt.

»Warum?«

»Ich möchte da noch etwas überprüfen.«

»Wenn du meinst.«

Kapitel 2

Ein paar Tage später fuhr Kriminalhauptkommissar Manno Lewert mit der Autofähre nach Norderney. Auch wenn die Kollegen in Norden darüber Witze machten: Es war ein dienstlicher Besuch auf der beliebten Ferieninsel – und kein Urlaub.

Das Wetter hatte sich etwas geändert. Es war immer noch sommerlich warm, aber etwas frischer. Und auf der Nordsee wehte einem sowieso immer ein frischer Wind um die Ohren.

Manno Lewert hatte seinen Privatwagen genommen, da im Moment kein Fahrzeug der Polizeiwache Norden abkömmlich war. Aber viel herumfahren würde er wohl nicht auf der Insel. Im Gegensatz zu anderen ostfriesischen Inseln war Norderney zwar nicht autofrei, aber das Straßennetz hielt sich in überschaubaren Grenzen und reichte im Übrigen auch nur ungefähr bis zur geografischen Mitte des Eilandes. Der gesamte Osten war nicht nur autofrei, es gab auch gar keine Straßen oder Wege, die man mit einem fahrbaren Untersatz hätte benutzen können.

Lewert stand auf dem Oberdeck der Fähre, hatte sich einen Schokoriegel gekauft und blickte hinüber zum Hafen der Stadt Norderney, die am Westende der Insel lag und den Großteil der Einwohnerschaft stellte.

Das Kreischen der Möwen mischte sich mit anderen Geräuschen. Dem Platschen der Wellen, dem Motorengeräusch der Fähre und mit dem Wind, der über das Schiff pfiff.

Die Sache mit Tobias Kortmann und seinem Mordgeständnis hatte Kommissar Lewert einfach nicht losgelassen. Es gab da einfach noch ein paar Dinge, die er gerne überprüfen wollte. Vorher wollte er diesen Fall nicht zu den Akten legen.

Schlimmer als ein nicht aufgeklärter Mord war in seinen Augen ein nicht entdeckter Mord.

Zum Glück war er bei seinen Vorgesetzten für seine Sicht der Dinge auf Verständnis gestoßen. Und das auch wohl nur, weil man der Spürnase und dem Instinkt des Fünfzigjährigen vertraute. Wenn Manno Lewert das Gefühl hatte, dass da etwas faul war, dann war da tatsächlich auch meistens etwas faul. Die lange Berufserfahrung hatte den Kriminalhauptkommissar zu jemandem werden lassen, dessen Urteilsvermögen man einfach nicht unterschätzen durfte.

Immer wieder hatte Lewert über die teils recht wirren Worte von Tobias Kortmann nachgedacht. Der war mittlerweile längst wieder in seiner geschlossenen Einrichtung bei Oldenburg, wo man sich darum bemühte, seinen mentalen Zustand, so gut es ging, zu stabilisieren. Medikamentös und durch therapeutische Maßnahmen.

Lewert war ziemlich in seinen Gedanken versunken, als ihn plötzlich jemand von der Seite ansprach.

»Moin!«

Lewert drehte sich zu dem Sprecher.

»Moin«, gab er zurück.

Der Mann, der ihn angesprochen hatte, trug eine Jacke mit dem Emblem der Reederei, die die Fähre betrieb.

Lewert erinnerte sich, ihn schon mal gesehen zu haben. Als Polizist hatte man schließlich einen gewissen Blick für Gesichter. Der Kommissar hatte dem Mann schon des Öfteren dabei zugesehen, wie er die Autos von der Fähre winkte, sobald der Hafen von Norderney erreicht war. Zuvor tat er dasselbe, bevor man von Norddeich-Mole aus ablegte. Sicherlich hatte er auch noch ein paar wichtigere Aufgabenbereiche, als nur zu winken, aber dieser Teil seiner Arbeit war öffentlich sichtbar und hatte sich Lewert deswegen eingeprägt.

»Sie sind doch der Kommissar, stimmt's?«, fragte der Mann.

»Kriminalhauptkommissar Manno Lewert, Kripo Norden«, stellte sich Lewert ordnungsgemäß vor. Er überlegte, ob er jetzt auch noch Dienstausweis und Dienstmarke hervorholen sollte, um sich dem Mann gegenüber in seiner Eigenschaft als Kommissar zu zeigen, entschied sich dann aber dagegen.

»Ich wollte nur mal fragen«, sagte der Mann nun.

»Was wollten Sie denn fragen?«

»Na, ob einer ermordet worden ist. Normalerweise kommen Sie doch nur auf die Insel, wenn ein Mord passiert ist.«

Lewert lächelte nachsichtig. »Normalerweise schon.«

»Wer ist denn umgekommen?«

»So direkt niemand«, gestand Lewert.

Der Mann runzelte die Stirn. Lewert schätzte ihn auf Mitte vierzig. Ein leichter Bauchansatz ließ die Jacke mit dem Emblem in der Mitte auf Spannung gehen.

»Was heißt das denn?«, fragte er irritiert.

»Was heißt was?«, stellte Lewert sich etwas dümmer, als er war.

»Nicht so direkt ermordet – wie geht das? Entweder ist ein Mord geschehen, dann ist jemand tot – oder der Betreffende lebt noch, dann war es aber auch kein Mord, sondern bestenfalls ein Mordversuch.«

»Ich sehe, ich spreche mit einem Experten.«

»Ich schaue regelmäßig Krimis im Fernsehen, wenn ich dazu komme. Allerdings macht mir das auch immer weniger Spaß.«

»Wieso?«

»Weil meine Frau meistens schon nach fünf Minuten errät, wer der Täter ist.«

»Das spricht nicht für die Qualität der Krimis.«

»So kann man es natürlich auch sehen.«

»Also, um auf Ihre Frage zurückzukommen: Im Augenblick besteht keinerlei Grund für die Bevölkerung, sich wegen eines frei herumlaufenden Killers Sorgen zu machen«, stellte Kommissar Lewert fest.

»Na, da bin ich ja beruhigt.«

»Das ist doch die Hauptsache.«

»Andererseits …«

»Andererseits was?«

»Wenn jetzt wirklich Grund zur Sorge für die Bevölkerung bestünde – dann würden Sie uns das doch sicher erst gar nicht mitteilen, oder? Vermutlich erst dann, wenn die Gefahr bereits behoben ist.«

»Das kommt immer auf die Situation an.«

»Ich verstehe, Herr Lewert.«

»Wie heißen Sie eigentlich?«, wollte Lewert wissen.

»Wieso?«
»Na, Sie kennen ja auch meinen Namen. Da wüsste ich auch gerne Ihren.«
»Also polizeiliche Überprüfung der Personalien, oder wie soll ich das verstehen?«
Lewert schüttelte den Kopf. »Nein, einfach nur die Frage von jemandem, der mit Herr Lewert angesprochen wurde.«
»Ich heiße Tammo Bergundtal.«
»Bergundtal?«
»Ja, ich kann mich schlecht entscheiden.«
»Zwischen Berg und Tal oder auch sonst?«
»Auch sonst.«
»Aber Ihre Familie kommt nicht ursprünglich aus Ostfriesland, oder?«
»Wieso?«
»Weil es hier keine Berge gibt.«
»Gibt es da nicht bei Pewsum diese zwölf Meter hohe Erhebung?«
»Ich weiß nicht, ob man künstlich aufgeschüttete Hügel und Warften mitzählen sollte, Herr Bergundtal.«
»Nichts für ungut. War jedenfalls interessant, sich mal mit einem echten Kommissar zu unterhalten.«
»Danke, gleichfalls.«
»Ich muss jetzt gleich leider arbeiten.«
»Sie meinen, dass Sie die Fahrzeuge rauswinken?«
»Das ist schwieriger, als Sie denken, Herr Kommissar.«
»Ich bin ja auch froh, dass ich Ihren Job nicht machen muss!«
»Und ich bin umgekehrt froh, dass ich Ihren nicht machen muss!«

*

Tammo Bergundtal ließ den Kommissar stehen, der noch eine Weile an der Reling verweilte und sich den frischen Wind um den völlig kahlen Kopf wehen ließ. Das einzige Haar wuchs dem Kommissar nämlich im Gesicht in Form eines Vollbartes.

Dann kam das Signal, sich zu den Fahrzeugen zu begeben, da die Fähre gleich anlegen würde.

Jetzt begann der dienstliche Teil seiner kleinen Reise.

Wenig später fuhr Manno Lewert seinen Wagen von der Fähre herunter.

Wenn eine Fähre ankam, gab es rund um den Hafen immer einen kleinen Stau. Umgekehrt wollten ja auch viele Touristen, deren Urlaubszeit zu Ende ging, die Insel mit ihren Fahrzeugen und Campingwagen wieder verlassen.

Manno Lewert nahm das alles gelassen hin. Er quälte sich durch die Straßen der Stadt Norderney und gelangte schließlich zur Polizeiwache der Insel. Immerhin war der Parkplatz frei. Nur das Dienstfahrzeug seines einzigen Kollegen Polizeiobermeister Tjark Drönkemeier stand dort. Direkt neben der Polizeiwache befand sich die Pension Haddinga, in der Lewert normalerweise zu übernachten pflegte, wenn er dienstlich auf der Insel zu tun hatte. Kommissar Lewert stieg aus dem Wagen. Seine Sachen ließ er noch im Kofferraum. Die konnte er auch später noch in die Pension bringen. Jetzt wollte er erstmal sehen, dass er in dem Fall, von dem er noch nicht einmal wirklich wusste, ob es ein Fall war, etwas vorankam. Und das war leichter gesagt als getan. Aber der Kommissar pflegte die Dinge mit ostfriesischer Ruhe und Gelassenheit und außerdem sehr systematisch anzugehen. Das war der beste Garant für Erfolg. Meistens zumindest.

Lewert betrat die Wache.

»Moin«, sagte er laut und vernehmlich.

»Moin, Herr Lewert!«, kam es hinter dem Tresen zurück.

Da hatte Frau Haddinga ihren Platz. Zusammen mit ihrem Mann betrieb sie die Pension in unmittelbarer Nachbarschaft zur Wache. Aber daneben verrichtete sie auch den Telefondienst für die Polizeiwache. Schließlich gab es ja außer dem sogenannten Inselpolizisten Tjark Drönkemeier keine ständige Besetzung der Polizeiwache. Wenn viel Arbeit anlag, gab es gelegentlich Unterstützung durch Kräfte vom Festland. Zum Beispiel in der Hochsaison des Taschendiebstahls oder wenn sich besondere Verkehrsprobleme durch Bauarbeiten ergaben. Oder eben, wenn ein Mord geschehen war, was selbst der Kommissar im Moment noch nicht so ganz eindeutig zu sagen vermochte.

Ohne die tatkräftige Unterstützung von Frau Haddinga hätte Tjark Drönkemeier seinen Job wohl kaum bewältigen können. Auch wenn Norderney jetzt nicht unbedingt ein krimineller Hotspot Deutschlands war – zu tun gab es immer etwas. Angefangen von eskalierenden Streitigkeiten um die Besitzansprüche an einer Sandburg am Strand über Touristen, die die strengen Naturschutzregeln nicht beachteten und davon überzeugt werden mussten, Vögel nicht beim Brüten zu stören, bis hin zur gelegentlichen Rettung von gestrandeten Robben.

»Hab gar nichts davon gehört, dass jemand tot ist!«, meinte Frau Haddinga, während sie den Kommissar etwas erstaunt ansah.

Sie hatte offenbar nicht mit seinem Auftauchen gerechnet – was keineswegs bedeutete, dass sie sich nicht darüber freute, ihn wiederzusehen.

»Ist auch noch nicht ganz raus.«

»Das heißt, es gibt noch keine offizielle Polizeimeldung?«

»Das heißt, ich muss diesmal erst herausfinden, ob jemand tot ist.«

»Das verstehe nun einer …«

»Ich erkläre es Ihnen nachher gerne. Wo ist denn der Tjark? Der Wagen steht ja vor der Tür.«

»Der ist schnell noch unterwegs.« Frau Haddinga beugte sich zu dem Kommissar über den Tresen und sprach in gedämpftem Tonfall weiter. »Der wollte mit Frauke Drehmels einen Kaffee trinken gehen.«

»Die junge Reporterin von der Inselzeitung?«

Frau Haddinga nickte.

»Ich verstehe«, sagte der Kommissar.

»Wie lang sich das hinzieht, kann ich Ihnen nicht sagen, Herr Lewert. Natürlich …«

»Ja?«

»Ich könnte den Herrn Drönkemeier ja anrufen und herbitten.«

»Das könnten Sie.«

»Und Sie könnten das auch, Herr Lewert. Sie haben doch seine Handynummer.«

»Die habe ich.«

»Ich würde es trotzdem befürworten, wenn Sie da jetzt nicht anrufen – es sei denn, es liegt wirklich etwas total Dringendes vor«, fuhr Frau Haddinga fort.

»Und warum?«

»Ach, Herr Kommissar!«, entfuhr es Frau Haddinga jetzt mit einem Tonfall, der deutlich tadelnd klang. »Jetzt sagen Sie bloß nicht, dass Sie so unsensibel sind, dass Sie das bei Ihren letzten Aufenthalten auf Norderney noch nicht gemerkt hätten!«

»Ich bin mir nicht ganz sicher, ob ich weiß, wovon Sie jetzt sprechen, Frau Haddinga.«

»Also bei der Arbeit an den letzten Mordfällen, die sich hier auf Norderney ereignet haben, müssen Sie doch bemerkt haben, dass diese Frau Drehmels und Herr Drönkemeier auf menschlicher Ebene eine gewisse gegenseitige Anziehungskraft aufeinander ausüben.«

»Ja, das ist mir nicht entgangen.«

»Und Sie wissen doch, wie der Herr Drönkemeier ist.«

»Wie denn?«

»Na, norddeutsch stur eben. So ein richtiger Ostfriese.«

»Naja, er trinkt Kaffee«, gab Lewert zu bedenken, so als sei das allein eigentlich schon ein Ausschlusskriterium, um Ostfriese sein zu können.

»Ja, aber sonst ist er so. Und die Frau Drehmels genauso. Bis die zu Potte kommen …« Frau Haddinga machte eine wegwerfende Handbewegung. »Kann sein, dass es bis dahin für Kinder sowieso zu spät ist.«

»Na, jetzt übertreiben Sie aber ein bisschen, Frau Haddinga.«

»Nee, da übertreibe ich nicht, Herr Lewert. Kein bisschen.«

»Und ich soll jetzt den Herrn Drönkemeier erstmal nicht anrufen, mit Rücksicht auf die zarten Bande, die sich eventuell oder vielleicht noch nicht so richtig zwischen dem Herrn Drönkemeier und der Frau Drehmels entwickelt haben oder entwickeln könnten.«

»Ja, so ähnlich, Herr Lewert. Ich glaube, jetzt haben Sie begriffen, was ich meine.«

Frau Haddinga atmete tief durch.

Kommissar Lewert atmete ebenfalls tief durch und fragte dann: »Und was soll ich jetzt machen, Frau Haddinga?«

»Ja, das müssen Sie wissen, Herr Kommissar.«

»Ich?«

»Das hängt doch davon ab, wie dringend die Angelegenheit ist, derentwegen Sie diesmal auf die Insel gekommen sind und die Sie mir ja bisher auch noch nicht verraten haben.«

»Ich dachte mir, es ist am praktischsten, wenn ich Ihnen beiden alles auf einmal und zur gleichen Zeit erzähle«, erklärte Lewert seine bisherige Zurückhaltung. »Dann brauche ich nicht zweimal sabbeln.«

»Nur kein Wort zu viel, was?«

»Naja …«

»Sehen Sie, und das ist auch das Problem bei den beiden, der Frau Drehmels und dem Herrn Drönkemeier.«

»Ja, aber …«

»Sagen Sie, Herr Lewert, Sie sind doch eigentlich genauso. Wie haben Sie eigentlich Ihre Frau kennengelernt, wenn Sie so stoffelig sind und nicht gerne sabbeln, wie Sie das nennen.«

»Das ist ganz einfach«, sagte Lewert.

»So?«

»Bei uns sabbelt hauptsächlich meine Frau.«

»Ach, so!«

»Ja, muss Sie ja!«

»Weil Sie nichts sagen?«

»Nee. Berufsbedingt. Sie ist Grundschullehrerin. Da muss sie sabbeln ohne Ende.«

»So ähnlich habe ich mir das gedacht, Herr Lewert.«

Kommissar Lewert traf jetzt eine Entscheidung. Wer wollte schon dem jungen Glück im Wege stehen? Wenn es mit dem Kollegen Drönkemeier und der Reporterin Drehmels dann doch nichts wurde, würde Frau Haddinga ihm das vermutlich ewig vorwerfen. Und das wollte Lewert keinesfalls riskieren. Letzteres hatte einen guten Grund. Er schätzte nämlich bei Frau Haddinga ihre außerordentlichen Fähigkeiten bei der Zubereitung von Tee.

Und darauf wollte er ungern in der Zukunft verzichten.

Schließlich hatte er ja noch etliche Dienstjahre vor sich, und die Wahrscheinlichkeit war groß, dass er noch oft dienstlich immer wieder ein paar Tage auf Norderney verbringen musste, um den örtlichen Inselpolizisten bei Mordermittlungen zu unterstützen.

»Wissen Sie was, Frau Haddinga? Sie machen mir erstmal Tee und dann warten wir hier ganz geduldig ab, bis der Herr Drönkemeier zurückkehrt.«

»Wenn Sie das verantworten können, Herr Lewert!«

Lewert lächelte verhalten.

»Das kann ich verantworten«, sagte er.

»Gut. Sie können ja auch Ihre Sachen schon mal nach drüben zu meinem Mann in die Pension bringen.«

»Das kann ich.«

»Bis Sie so weit sind, ist dann auch der Tee fertig.«

»Gut«, nickte der Kommissar.

*

Kommissar Lewert brachte also seine Sachen in die Pension, die überwiegend von Herrn Haddinga betrieben wurde, da seine Frau ja meistens den Telefondienst für die Polizeiwache übernahm.

»Sie haben Glück, dass überhaupt ein Zimmer frei ist«, sagte Herr Haddinga. »Im Augenblick ist gutes Wetter. Und in einigen Bundesländern haben die Sommerferien schon angefangen. Bei uns zwar noch nicht …«

»Ich weiß«, sagte Lewert. »Meine Frau ist Grundschullehrerin und hat noch ein anstrengendes Schulfest und so weiter vor sich.«

»Sie müssen aber ganz nach oben unters Dach«, kündigte Herr Haddinga an.

»Das macht nichts. Ich bin ja nicht fußlahm.«

»Sagen Sie, wie kommt es zu diesem nicht vorher angekündigten Besuch? Normalerweise weiß ich ja vorher davon, weil Ihr Kollege Drönkemeier Sie zur Unterstützung gerufen hat und meine Frau natürlich sofort bei mir anfragt, ob da noch ein Zimmer frei ist oder man gegebenenfalls eins freimachen könnte.«

»Ja.«

»Diesmal war das nicht so.«

»Und jetzt wollen Sie mich sicher fragen, ob jemand ums Leben gekommen ist.«

»Ja, nicht so direkt, aber … Das würde mich schon interessieren!«

»Mich auch«, murmelte Lewert.

»Wie bitte?«

»Nichts. Herr Haddinga, ich kann Ihnen nichts dazu sagen. Noch ist niemand tot und wenn sich an der Sachlage was ändert, dann lesen Sie es sicher in der Inselzeitung.«

»Natürlich.«

Herr Haddinga brachte Lewert in das oberste Dachzimmer der Pension. Lewert war von durchschnittlicher Größe, aber selbst er musste aufpassen, sich nicht den Kopf an der Dachschräge zu stoßen.

»Ich hoffe, das ist in Ordnung für Sie, Herr Lewert«, sagte Herr Haddinga, nachdem Lewert seine Sachen verstaut hatte.

»Natürlich ist das in Ordnung. Ich bin ja auch meistens unterwegs und verbringe hier nicht viel Zeit. Nur wenn ich schlafe.«

»Das dachte ich mir. Normalerweise vermieten wir dieses Zimmer gar nicht. Und wenn, dann nur im Notfall. Die Touristen beschweren sich sonst.«

»Aber die sind doch vermutlich auch wenig hier im Haus und liegen die ganze Zeit am Strand, nehme ich an.«

»Das hält sie aber nicht davon ab, sich zu beklagen, Herr Lewert.«

»Ja, da mögen Sie recht haben.«

»Ich habe da so meine Theorie«, sagte Herr Haddinga. »Der Mensch scheint das Meckern und die Unzufriedenheit in den Genen zu haben, und sobald sich auch nur die geringste Möglichkeit bietet, entfaltet sich diese Anlage.«

»Schon möglich«, sagte Lewert.

»Sie haben damit ja sicher mitunter beruflich zu tun. Und ich auch. Das Wetter ist schön, die Nordsee sogar verhältnismäßig warm, und der Feriengast nörgelt.«

»Also solange der Tee in Ordnung ist, haben Sie von mir nichts zu befürchten, Herr Haddinga. Nicht in dieser Hinsicht!«

»Das weiß ich, Herr Lewert.«

»Und was den Tee angeht – da ist im Hause Haddinga ja wohl jede Sorge überflüssig.«

»Das ist richtig. Aber wissen Sie was? Dieser Hang zur Nörgelei hat auch etwas Gutes.«

Lewert wollte jetzt eigentlich gehen. Er hob die Augenbrauen und sah Herrn Haddinga fragend an. »So?«, wunderte er sich.

»Ohne Nörgelei gäbe es vermutlich auch keine Erfindungen und keinen Fortschritt. Ein Erfinder ist normalerweise niemand, der mit allem zufrieden ist, sondern jemand, der auch an Kleinigkeiten noch herumnörgelt und sagt: Das könnte man aber noch besser machen. Also ohne Nörgler keine Erfinder.«

»Tja, von der Seite habe ich das noch gar nicht gesehen«, gab Lewert zu. »Ich werde an Ihre Worte denken, wenn ich das nächste Mal beruflich mit einem Nörgelsack zu tun habe.«

*

Kommissar Lewert kehrte in die Wache zurück. Frau Haddinga hatte den Tee zubereitet und wenig später traf dann auch Inselpolizist Tjark Drönkemeier ein. Der hochgewachsene Rotschopf hatte natürlich auch keine Ahnung, dass Lewert auf die Insel kommen würde. Deswegen stutzte er.

»Manno?«

»Habe ich mich so verändert, dass du mich gar nicht erkennst?«

»Nö, das nun nicht.«

»Hätte mich auch gewundert. An meiner Frisur zumindest kann ich nicht mehr viel variieren. Weg ist weg.«

»Ja, das ist wahr.«

»Moin erstmal, Tjark.«

»Moin, Manno.«

»Der Herr Kommissar Lewert hat schon auf Sie gewartet, Herr Drönkemeier«, mischte sich Frau Haddinga ein. »Leider hat er noch nicht verraten, was ihn dienstlich nach Norderney gezogen hat, weil er nicht alles doppelt erzählen wollte.«

»Ach so, ich verstehe«, murmelte Drönkemeier und setzte sich.

»Aber jetzt frag mich bitte nicht, ob jemand umgekommen ist, Tjark«, meinte Kommissar Lewert.

Tjark Drönkemeier hob die Augenbrauen. »Wieso nicht?«

»Weil ich das heute schon so oft gefragt wurde und das im Übrigen eine der Fragen ist, die ich hier auf Norderney noch klären möchte.«

»Manno, ich verstehe jetzt leider nur Bahnhof, aber nehme mal an, dass du mich gleich über die Einzelheiten aufklären wirst.«

»Werde ich«, sagte Lewert. Er holte sein Handy hervor und zeigte Tjark ein Foto auf dem Display.

»Eine hübsche Frau«, sagte Tjark.

»Aber nicht hübscher als die Frau Drehmels von der Inselzeitung!«, warf Frau Haddinga ein.

»Wer ist das?«, fragte Tjark Drönkemeier.

»Wir wissen es nicht«, sagte Lewert. »Und genau das gehört zu den Dingen, die ich versuchen werde herauszufinden. Du siehst am Hintergrund des Bildes, wo es vermutlich aufgenommen wurde. Am Ostende von Norderney nämlich, wo das gestrandete Schiff seit den späten 1960ern liegt und langsam vor sich hin rostet.«

»Ja. Und deswegen kommst du auf die Insel?« Drönkemeier lächelte. »Also wenn deine Kollegen jetzt behaupten, du wolltest einfach nur ein paar Tage Urlaub bei gutem Wetter auf der Insel, dann könnte ich das diesmal sogar nachvollziehen …«

»Da ist noch mehr an der Sache. Also erstmal: Dieses Foto hat uns ein Mann namens Tobias Kortmann auf der Wache in Norden gezeigt und behauptet, er sei auf Norderney gewesen und habe diese Frau dort umgebracht.«

»Aha … Dann weiß der doch wahrscheinlich, wer sie ist.«

»Nein. Er kennt sie nicht, glaubt aber, dass sie Teil einer Verbrecherorganisation sei, die aus dem Verborgenen heraus die Welt beherrscht.«

»Der Mann ist bekloppt!«

»Richtig. Es hat sich herausgestellt, dass Tobias Kortmann aus der geschlossenen Psychiatrie entlaufen war und dass es außerdem auch in der Vergangenheit schon seine Spezialität war, Morde zu gestehen, die er gar nicht begangen hatte. Und das gleich im Dutzend.«

»Dann ist also überhaupt nichts dran an der ganzen Sache.«

»Zumindest ist es nicht so, wie Herr Kortmann das uns gegenüber dargestellt hatte.«

»Verstehe … Beziehungsweise, eigentlich verstehe ich immer weniger, dass du jetzt nach Norderney gekommen bist, Manno.«

»Wieso?«

»Na, der Fall ist doch gelöst.«

»Du redest wie meine Kollegen!«

»Ja, dann verstehst du doch, was ich meine!«

»Die Sache ist die: Wir haben überprüft, dass Tobias Kortmann tatsächlich auf Norderney war. Und zwar anhand des Bewegungsprofils des Handys, mit dem das Foto gemacht wurde.«

»Norderney ist eine schöne Insel«, sagte Drönkemeier. »Vielleicht gefiel es diesem Herrn Kortmann dort einfach besser als in der geschlossenen Abteilung seiner Psychiatrie.«

»Das Handy wiederum wurde gestohlen. Ich habe die Besitzerin besucht. Sie lebt in Emden und vermisste ihr Gerät seit ihrem letzten Aufenthalt am Bahnhof Emden-West. Dem Bewegungsprofil nach gelangte das Gerät von dort aus über Norddeich-Mole nach Norderney – bis an die Ostspitze der Insel.«

»So weit kann ich dir folgen.«

»Die Frau auf dem Foto ist der Handybesitzerin aus Emden völlig unbekannt. Sie gibt an, die letzten fünfzig Bilder auf dem Gerät nicht selbst geschossen zu haben. Das stimmt auch mit den Bewegungsdaten überein.«

»Das heißt, Kortmann hat das Gerät in Emden gestohlen und dann munter drauflosfotografiert und bei einer der Fotografierten hinterher behauptet, dass er sie umgebracht hat«, schloss Drönkemeier.

»Ja«, nickte Lewert. »Aus seiner Sicht war das Notwehr. Denn diese Frau gehörte ja einer gefährlichen Verbrecherorganisation an, wie er behauptete.«

»Eine Verschwörungstheorie.«

»Der Wahn eines Irren. Kann sein, Tjark. Ich möchte aber, was die Tote angeht, gerne sicher sein.«

»Also für meine Begriffe ist das ziemlich sicher kein Mordfall, Manno. Dass er diese Frau fotografiert hat, könnte ganz banale Gründe haben. Sie ist hübsch. Vielleicht war das in Wahrheit der ausschlaggebende Grund – und nicht, dass er sie aus irgendwelchen wahnhaften Eingebungen heraus als Verbrecherin identifizierte. Und die Tatsache, dass es bisher nicht möglich war, sie zu identifizieren, spricht eigentlich auch dafür, dass es keinen Mord gegeben hat, denn sonst gäbe es doch vermutlich längst eine Vermisstenanzeige. Diese Frau existiert doch schließlich auch nicht im luftleeren Raum.«

»Du hast in allem recht, was du sagst, Tjark.«

Drönkemeier schüttelte den Kopf. »Und trotzdem kommst du nach Norderney?«

Kommissar Lewert trank seinen Tee, der wie immer, wenn Frau Haddinga ihn zubereitet hatte, hervorragend war. Die Kluntjes machten die charakteristischen Geräusche, wenn sie sich auflösten, und die Milch verlief langsam. So musste Tee sein. Zumindest in Ostfriesland.

Kommissar Lewert lehnte sich etwas zurück, nachdem er die Tasse auf den Tisch zurückgestellt hatte.

Sein Blick wirkte nachdenklich.

»Also erstens ist die Tatsache, dass dieser Tobias Kortmann schon Dutzende von Morden gestanden hat, kein Beweis dafür, dass er dieses Mal nicht tatsächlich einen Menschen ermordete.«

»Das ist dein Ernst, Manno?«

»Und zweitens gibt es einen gravierenden Unterschied zu allen anderen Mordgeständnissen dieses Verrückten.«

»Und der wäre?«

»Bei allen anderen sogenannten Geständnissen …«

»Pseudogeständnissen!«

»Meinetwegen, Tjark! Also bei allen anderen Pseudogeständnissen war es kein Problem, die betreffenden, angeblich getöteten Personen zu identifizieren und festzustellen, dass sie noch am Leben sind. Diesmal allerdings nicht.«

»Gut, aber wie wir beide schon festgestellt haben, muss das nichts heißen, Manno.«

»Nein, muss es nicht«, gestand Kommissar Lewert ein. »Ich habe mich mit den Ärzten und Psychiatern ausgiebig unterhalten, bei denen Tobias Kortmann in Behandlung ist und die ihn daher ziemlich gut einschätzen können, wie ich glaube.«

Tjark Drönkemeier verschränkte die Arme vor der Brust, bevor er sich etwas zurücklehnte. »Und? Was haben die gesagt?«

»Die haben gesagt, dass durchaus die Gefahr besteht, dass Herr Kortmann eines Tages tatsächlich einen Mord begehen könnte. Nicht einen eingebildeten oder vorgetäuschten und nur behaupteten Mord, sondern einen, bei dem wirklich jemand stirbt.«

»Worauf gründet sich diese Befürchtung?«

»Auf das Motiv, das Herr Kortmann für seine falschen Geständnisse hat.«

»Das verstehe ich nicht.«

»Tobias Kortmann mag einerseits in einer wahnhaften Parallelwelt leben, in der es eine mächtige Verbrecherorganisation gibt, die überall ihre Finger im Spiel hat und quasi die Geschicke der Welt aus dem Verborgenen heraus lenkt. Und seine verzerrte Wahrnehmung der Realität ist sicher ein schwerwiegendes Problem. Es gibt Menschen, die bedrängende Stimmen hören, die ihnen befehlen, andere Menschen umzubringen. Es gibt andere, die weiße Mäuse oder blaue Kaninchen sehen und sich darüber wundern, dass die sonst niemand sieht. Erstere sind unter Umständen gemeingefährlich, Letztere nur wunderlich. Herr Kortmann steht da an der Grenze.«

»Und du meinst, diese Grenze hat er jetzt überschritten?«

»Vielleicht überschritten.«

»Also letztlich nur eine Vermutung deinerseits.«

»Nein, einer der Psychiater, mit denen ich sprach, war sich ganz sicher, dass Herr Kortmann irgendwann versuchen wird, diese Grenze zu überschreiten. Und zwar aus einem einfachen Grund: Er sucht Beachtung. Das ist es, was ich gerade meinte, als ich von dem Motiv sprach, das ihn antreibt. Er sucht verzweifelt Beachtung und Anerkennung. Darum gesteht er Morde, die er nicht begangen hat, denn dann bekommt er zumindest so lange ein erhebliches Maß an Beachtung, bis sich herausstellt, dass das alles nur Mumpitz war.«

»Und du meinst, das wäre anders, wenn er wirklich jemanden umbringen würde?«, hakte Drönkemeier nach.

»Ja. Ganz sicher. Die Beschäftigung mit ihm wäre dauerhaft.«

»Ein Verbrechen – für den Ruhm, das ist doch …«

»… krank?«

»Es lag mir auf der Zunge, Manno.«

»Herr Kortmann ist krank«, stellte Lewert fest.

»Ja, ja …«

»Aber allgemein ist ein Verbrechen aus Ruhmsucht ein altbekanntes Phänomen, Tjark. Herostratismus nennt man das in der Kriminologie, benannt nach Herostrat.«

»Davon habe ich ehrlich gesagt noch nie was gehört«, gestand Drönkemeier. »Aber ich bin ja auch nur so ein Inselpolizist, der sich um verirrte Robben und soon Schiet kümmert.«

»Herostrat lebte in der antiken griechischen Stadt Milet«, sagte Lewert. »Er war Schäfer und kam zu folgendem Schluss: Da er weder König noch Soldat, Seefahrer oder wenigstens Dichter war, hätte er nie die Chance, Ruhm zu erlangen. Er war eben nur ein Schäfer. Und Berühmtheit ist für jemanden, der nur auf Schafe aufpasst, einfach nicht vorgesehen. Daran hat sich in den letzten zweieinhalb Jahrtausenden nichts geändert.«

»Darum Augen auf bei der Berufswahl, sag ich immer«, gab Drönkemeier zurück.

»Herostrat sah nur eine einzige Möglichkeit, zu unsterblichem Ruhm zu gelangen: Es gab in der Stadt Milet den Tempel der Artemis. Ein riesiges Bauwerk, überwiegend aus Holz, das als eines der sieben Weltwunder galt. Das steckte er in Brand.«

»Ich nehme an, man hat den Kerl gekriegt!«, sagte Drönkemeier.

»Natürlich. Er wurde hingerichtet. Zuvor hat man ihn unter Folter befragt, warum er das getan hätte. Darauf wurde es bei Todesstrafe verboten, über diesen Vorfall überhaupt zu reden. Der Brand des Artemis-Tempels und der Täter sollten aus dem Gedächtnis verschwinden, damit die Rechnung des Schäfers, durch diese Tat unsterblichen Ruhm zu erlangen, nicht aufgeht.«

»Anscheinend hat das nicht so ganz funktioniert«, meinte Drönkemeier.

Lewert nickte. »Natürlich nicht! Die Rechnung von Herostrat ist aufgegangen! Nach zweieinhalb Jahrtausenden hat der Mann seinen festen Platz im Lexikon. Natürlich haben alle Geschichtsschreiber der Antike über ihn geschrieben, Jean-Paul Sartre hat ein Stück über ihn verfasst und in der Kriminologie wird eine ganze Motivklasse von Verbrechen unter dem Begriff Herostratismus zusammengefasst.«

»Wäre ja auch ein bisschen seltsam, wenn dieses Schweigegebot funktioniert hätte«, mischte sich Frau Haddinga ein. »Ich meine, man stelle sich das mal vor! Eine Stadt, in der plötzlich ein Tempel fehlt, der als Weltwunder galt. Da kommen dann Reisende hin, die mal nachfragen: Sagt mal, letztes Mal, als ich hier war, war da doch noch so ein großer Tempel. Wo ist der denn abgeblieben? Und dann heißt es nur: Da dürfen wir leider nicht drüber sprechen und müssen so tun, als wäre nichts gewesen … Sowas kann doch nicht funktionieren!«

»Natürlich kann das so nicht funktionieren«, stimmte ihr Lewert zu. »Aber bei einigen Amokläufern an Schulen, die genau dasselbe Motiv hatten, gab es auch Stimmen, die die Berichterstattung darüber einschränken wollten, weil die dadurch erzeugte Aufmerksamkeit letztlich das Ziel der Täter sei.«

»Und du denkst, dieser Fall ist ein Verbrechen aus Ruhmsucht?«, fragte Drönkemeier an Lewert gerichtet.

»Das wissen wir erst, wenn wir eine Leiche haben. Aber falls wir eine finden, könnte dies das Motiv sein, ja.«

»Da sind jetzt immer noch viele Wenns in deinen Überlegungen drin, Manno. Findest du nicht auch?«

Lewert beugte sich vor, um sich noch etwas Tee einzuschenken. »Weißt du, ich habe diesem Mann – ich meine Tobias Kortmann – gegenübergesessen und mich eine ganze Weile mit ihm unterhalten. Der Großteil von dem, was er sagte, war völlig wirr. Er konnte mir auch keine vernünftige Antwort darauf geben, wie genau er denn die Frau nun eigentlich umgebracht hat.«

»Aber das spricht doch auch mehr dafür, dass das nur eine Spinnerei von diesem kranken Typen ist und es gar keinen Mord gegeben hat«, glaubte Tjark Drönkemeier.

»Es war die Art und Weise, wie er mit mir gesprochen hat, Tjark … Wie er mich angesehen hat. Ich kann es nicht näher erklären, aber ich hatte einfach das Gefühl, da stimmt was nicht. Und was die einzelnen Umstände angeht, so passt da einiges einfach noch nicht so zusammen, wie es sein sollte. Und das lässt mir keine Ruhe.«

»Du weißt schon, dass deine Chancen, etwas mehr Licht in die Sache zu bringen, ziemlich bescheiden sind?«

»Ja.«

»Und dir ist auch klar, dass sich am Ende herausstellen könnte, dass das alles nichts weiter war als die Spinnerei eines kranken Hirns.«

»Ja, Tjark, das weiß ich.«

»Und was hast du für eine Idee für das weitere Vorgehen – hier auf Norderney?«, hakte der Inselpolizist noch nach.

»Ich habe einen Plan«, erklärte Lewert.

»Da bin ich aber gespannt wie ein Flitzebogen, Manno!«

»Erstmal trinke ich meinen Tee leer.«

Tjark Drönkemeier seufzte hörbar. »Das musste ja sein!«

»Und dann werde ich mal unseren Kollegen hier auf der Insel fragen, den Herrn von Bröking. Vielleicht weiß ich dann mehr.«

»Also erstens: Wieland von Bröking ist kein Kollege, sondern ein Privatermittler.«

»Und zweitens?«

»Hast du was dagegen, wenn ich mitkomme, Manno?«

Kapitel 3

Wenig später saßen Lewert und Drönkemeier im Dienstfahrzeug der Polizeiwache Norderney. Sie fuhren nach Nordhelm. Dort befand sich das Haus des Privatdetektivs Wieland von Bröking, mit dem Drönkemeier und Lewert schon bei etlichen anderen Fällen zusammengearbeitet hatten.

Drönkemeier stand dem Privatermittler zwar sehr skeptisch gegenüber, musste aber andererseits zugeben, dass manche Fälle in der Vergangenheit ohne die Hilfe und die besonderen Fähigkeiten des gleichermaßen genialen wie exzentrischen von Bröking nicht zu lösen gewesen wären.

»Ich werde zu von Bröking hingehen und ihm einfach mal das Foto zeigen, das dieser Tobias Kortmann von der unbekannten Frau geschossen hat«, kündigte Manno Lewert unterdessen während der Fahrt an. »Mal sehen, was er dazu sagt.«

»Du denkst, er hat sie schon mal gesehen?«

»Im günstigsten Fall weiß er sogar, wer sie ist. Von Bröking ist Super-Recogniser. Er hat die Fähigkeit, sich Gesichter dauerhaft einzuprägen, die er nur kurz gesehen hat – und inzwischen wird diese Fähigkeit für den Einsatz bei der Polizei immer wichtiger.«

»Nur zu dumm, dass Herr von Bröking seine Dienste nur privat anbietet.«

»Er ist eben etwas cleverer als viele Kollegen, die nur für die Polizei arbeiten«, meinte Lewert. »Er hat früh erkannt, was seine Fähigkeiten auf dem freien Markt wert sind. Und andererseits ist vielleicht auch nicht jeder dafür geschaffen, selbstständig zu sein. Ein sicheres Gehalt an jedem Ersten des Monats hat man da ja nun nicht.«

Ein Großteil der Fälle, die Wieland van Bröking mithilfe seiner besonderen Fähigkeiten als Super-Recogniser bearbeitete, waren tatsächlich Vermisstensachen. Fälle, denen die Polizei zum Teil auch gar nicht nachgehen konnte, weil die vermeintlich Verschwundenen gar nicht gefunden werden wollten und auch keinerlei Anzeichen für ein Gewaltverbrechen oder eine Entführung vorlagen.

»Und mal angenommen, der Herr von Bröking hat die Frau auf dem Foto auch noch nie gesehen – was machst du dann, Manno?«, wollte Drönkemeier wissen.

Der Kommissar hob die Schultern. »Das weiß ich auch noch nicht.«

»Kein Plan B?«

»Keiner, der über den nächsten Schritt hinausreicht, Tjark.«

»Ich habe das Gefühl, dass deine Vorgesetzten dir aber ziemlich viel Freiheit lassen.«

»Die habe ich mir verdient«, stellte Lewert klar. »In vielen Dienstjahren und durch viele gelöste Fälle, in denen sich mein Instinkt als richtig erwiesen hat.«

»Ich bin wirklich mal gespannt, was da herauskommt.«

*

Sie erreichten den Bungalow in Nordhelm. Er lag ganz am Rand der besiedelten Zone. Richtung Norden war es ein Katzensprung zum Strand. Und Richtung Westen gab es nur noch Dünen und Gras.

Tjark Drönkemeier parkte den Dienstwagen vor dem Bungalow.

Dann stieg er aus. Kommissar Lewert folgte einen Moment später. Eine ziemlich kräftige Windböe wehte jetzt von der Nordsee her und trug das Geschrei der Möwen herüber. Die Windböe riss Tjark Drönkemeier fast die Dienstmütze vom Kopf und wirbelte Manno Lewerts Jackett ziemlich durcheinander.

Aber angesichts der Wärme, die im Moment herrschte, war das eher angenehm.

Die beiden Polizisten standen dann ein paar Augenblicke später vor der Haustür.

Wieland von Bröking, Privatermittler und Gutachter, stand dort.

Ein anderes Gebiet, auf dem von Bröking nämlich überaus erfolgreich tätig war, war die Identifizierung von Kunstgegenständen und Gemälden, die entweder geraubt oder gefälscht worden waren und bei denen die Echtheit festgestellt werden musste. Kleinste, aber charakteristische Unterschiede an Gesichtern erkennen zu können, verlangte letztlich dieselben kognitiven Fähigkeiten wie das Identifizieren von Kunstwerken. Es ging letztlich immer darum, Strukturen zu erkennen, zu behalten und mit anderen, sehr ähnlichen Strukturen urteilssicher vergleichen zu können. Eigentlich ein Job für eine geeignete Software, hätte man denken können. Aber die Erfolgsquote von Super-Recognisern wie Wieland von Bröking übertraf jede Bilderkennungssoftware, die bisher auf den Markt gebracht worden war, bei Weitem.

Drönkemeier klingelte.

Wenig später öffnete sich die Tür.

Eine junge Frau stand dort: zierlich und strohblond.

Das war Jarmila Mustafi, von Brökings Assistentin, Sekretärin, Köchin, Telefonistin und in etwa genau das, was man ansonsten wohl auch als Mädchen für alles bezeichnete. Sie half dem wenig umgänglichen von Bröking durch die Tücken des profanen Alltags und nahm ihm all die Dinge ab, bei denen er in Schwierigkeiten geraten konnte. Von Bröking hatte nämlich die Angewohnheit, ziemlich unverblümt auszusprechen, was er dachte. Sozialverträglich war das nicht unbedingt. Und da auf einer kleinen Insel wie Norderney die Anzahl der Geschäfte begrenzt war, mit deren Inhabern man sich dauerhaft verkrachen konnte, war es wohl für alle Seiten besser, wenn zum Beispiel das Einkaufen nicht von ihm persönlich erledigt wurde.

»Moin!«, sagte Jarmila lächelnd. »Jemand umgekommen?«

Kommissar Lewert seufzte tief. »Diese Frage musste ja kommen!«, stieß er hervor.

»Ja, ich frag ja nur, Herr Lewert. Es ist ja nicht so, dass ich Sie nicht auch gerne begrüße, wenn kein Mord passiert ist.«

»Da bin ich ja froh!«

»Nur sind Sie dann meistens nicht hier!«

»Da haben Sie natürlich recht. Also, um es kurz zu machen: Wir wissen noch nicht, ob es einen Mord gegeben hat.«

»Frau Mustafi, wir brauchen die Hilfe Ihres genialen Herrn und Meisters«, sagte Drönkemeier leicht süffisant.

Jarmila lachte. »Kommen Sie rein. Ich kann Ihnen gerne eine Tasse Kaffee anbieten. Und Ihnen mache ich gerne Tee, Herr Lewert – falls Ihnen der gut genug ist. Aber glauben Sie mir, ich kann das!«

»Sicher.«

»Ich komme schließlich gebürtig aus Emden.«

»Der Herr Drönkemeier ist auch waschechter Ostfriese und trinkt nur Kaffee.«

»Das machen die fremdländischen Einflüsse durch Touristen«, meinte Jarmila.

Sie folgten ihr durch den Flur. Aber sie führte sie nicht in das Wohn- und Arbeitszimmer des Genies, sondern erstmal in die Küche.

Die Tür zu dem mit Hightech-Equipment ausgestatteten Arbeitsbereich des Super-Recognisers war geschlossen.

»Ich nehme an, der Meister ist bei der Arbeit«, sagte Tjark Drönkemeier und konnte sich dabei einen leicht spöttischen Unterton nicht verkneifen.

»Das ist richtig«, stellte Jarmila klar. »Herr von Bröking ist im Übrigen quasi so gut wie immer bei der Arbeit. Jedenfalls habe ich ihn selten im Freizeit-Modus erlebt, wie ich gestehen muss. Und ich arbeite ja nun schon eine ganze Weile für ihn.«

»Ist denn schon ausgemacht, wann wir Herrn von Bröking in seiner Kontemplation stören dürfen?«, hakte Drönkemeier nach. »Wir können ja auch wieder gehen oder ein anderes Mal wiederkommen.«

Jarmila blickte auf die Uhr an ihrem Handgelenk. »Sie haben Glück. In exakt fünf Minuten wird er Kaffeenachschub benötigen und seine Arbeit für ein paar Minuten unterbrechen. Wenn Sie es dann schaffen, seine Aufmerksamkeit zu erregen und ihn für Ihren Fall zu interessieren, könnten Sie Glück haben und er nimmt sich der Sache an.«

»Es geht nur um eine Auskunft zu einem Foto. Auf das soll er mal einen Blick werfen.«

»Wie gesagt, die fünf Minuten werden Sie abwarten müssen. Er ist gerade mitten in einer hoch fokussierten Phase, wie er das nennt.«

»Was soll das sein?«, fragte Kommissar Lewert.

»Er muss im Augenblick gerade eine Datei mit über dreißigtausend Bildern einer Überwachungskamera überprüfen.«

»Geht es um irgendeinen Vermissten oder einen gesuchten Mafia-Boss?«

»Nein, nur um Schwarzfahrer in der Metro von Paris.«

»Und dafür wird so ein Aufwand betrieben?«, wunderte sich Kommissar Lewert.

»Die Verluste für die Betreiber sind gigantisch, die durch Schwarzfahrer verursacht werden. Für den Einzelnen mögen das nur ein paar Euro sein, aber die summieren sich.«

»Ich kann mir vorstellen, dass es eine sehr erfüllende Aufgabe sein kann, sich dreißigtausend Fotos von Menschen in der U-Bahn anzusehen«, meinte nun Tjark Drönkemeier wieder etwas süffisant. »Leider habe ich nicht die genialen Fähigkeiten, über die Herr von Bröking verfügt, aber wenn das so wäre, dann könnte ich mir kein größeres Glück vorstellen als so einen Job!«

»Sie machen sich lustig!«

»Nur ein bisschen. Dass Sie bei Herrn von Bröking vermutlich nicht viel zu lachen haben, ist mir schon klar.«

»Da täuschen Sie sich. Er hat durchaus Humor.«

»Das ist mir bis jetzt anscheinend entgangen.«

»Sie müssen sich die Arbeit, die er im Moment macht, wie ein gigantisches Memory-Spiel vorstellen. Nur, dass Sie mit dreißigtausend Karten spielen und nicht mit ein paar Dutzend. Und Sie dürfen sich keine Fehler erlauben.«

»Weil sonst ein Unschuldiger als Schwarzfahrer beschuldigt wird.«

»Zum Beispiel.«

*

Tjark Drönkemeier ließ sich von Jarmila einen Kaffee eingießen. Manno Lewert verzichtete jedoch darauf, sich von der Assistentin des Privatermittlers noch extra einen Tee zubereiten zu lassen.

»Das ist wirklich kein Umstand, Herr Lewert!«, behauptete sie.

»Nein, ich hatte heute einfach schon genug davon«, erklärte der Kommissar.

»Sie können genug vom Tee kriegen, Herr Lewert?«

»Ja, für heute schon.«

»Da lernt man Sie ja von einer völlig neuen Seite kennen!«

Nun öffnete sich die Tür zum Arbeits- und Wohnzimmer und Wieland von Bröking kam in die Küche.

»Ich dachte mir schon, dass es einen Grund dafür geben muss, warum sich mein Kaffeenachschub verzögert, Jarmila«, meinte er.

»Ja, wie Sie sehen, haben wir Besuch, Herr von Bröking«, sagte die Assistentin. »Und von Verzögerung kann überhaupt keine Rede sein. Es ist alles parat!«

»Ja, aber meine kreative Pause, die ich mir bei dieser hochkomplexen und meine vollste Konzentration erfordernden Arbeit während meines durchgetakteten Tages brauche, hat bereits vor einer halben Minute begonnen. Daran werde ich Sie ja wohl noch freundlich erinnern dürfen.«

»Erstmal moin, Herr von Bröking«, meldete sich nun Manno Lewert zu Wort.

»Guten Tag. Ich nehme an …«

»… nein, es ist vielleicht noch niemand umgekommen. Und falls doch, können Sie uns möglicherweise dabei helfen, das schnellstmöglich aufzuklären.«

»Ich dachte eigentlich, Sie kommen nur auf die Insel, wenn wirklich jemand ermordet wurde«, meinte Wieland von Bröking. »Oder braucht Herr Drönkemeier neuerdings die Unterstützung der Norder Mordkommission, um gestrandete Robben zu retten? Das kann ich mir nun beim besten Willen nicht denken.«

»Herr von Bröking, machen wir es kurz und schmerzlos«, schlug Lewert vor, noch ehe Drönkemeier sich dazu äußern konnte. »Ich hab hier ein Foto, das Sie sich bitte mal eben anschauen und mir dann sagen wollen, ob Sie die abgebildete Person vielleicht schon mal gesehen haben. Wäre ja theoretisch durchaus möglich, bei den zigtausend Fotos, die sie sich so tagtäglich ansehen.«

»Bitte, weil Sie es sind, Herr Lewert, und ich natürlich Ihre Bemühungen um eine adäquate Verbrechensbekämpfung durchaus zu schätzen weiß, auch wenn Ihre Herangehensweise an die Dinge mitunter den diskreten Charme einer Schlaftablette aufweist und man immer die Befürchtung hat, dass die Ermittlungen schon im Ansatz steckenbleiben oder sich völlig verzetteln.«

Drönkemeier verdrehte die Augen.

Jarmila legte einen Finger auf ihren Mund, um dem Inselpolizisten damit zu bedeuten, besser nichts zu sagen.

Und Kommissar Lewert überging die Bemerkungen von Brökings einfach und holte stattdessen das Handy aus seinem Jackett und hielt es im nächsten Moment dem Privatermittler entgegen. »Um diese Frau geht es.«

»Die kenne ich«, sagte von Bröking, ohne auch nur einen einzigen Augenblick zu zögern. »Sie heißt Silvana Mendez, die Mutter ist Deutsche, der Vater Kolumbianer. Sie ist gewissermaßen das Gesicht der Tierschutzorganisation Animals in Danger. Ob sie da wirklich etwas macht oder nur ihr zugegebenermaßen recht ebenmäßiges Gesicht in die Kameras hält, kann ich natürlich nicht ermessen. Andererseits gibt es im Internet so viel und zahlreiches Bildmaterial über sie, dass es mich wundert, dass Sie nicht selbst darauf gekommen sind, Herr Lewert.«

»Tja, hinterher ist man immer schlauer«, sagte der Kommissar ziemlich verblüfft.

»Und dass Sie als robbenrettender Inselpolizist die Dame nicht erkannt haben, wundert mich schon. Ich habe ja mit Tierschutz im Allgemeinen nichts zu tun. Ich hasse Hunde und Katzen und Tiere mag ich eigentlich nur, wenn sie bei mir gut durchgebraten auf dem Teller liegen. Aber bei einem gelegentlichen Blick auf die Nachrichtenportale im Internet sieht man hin und wieder das Gesicht dieser jungen Frau im Zusammenhang mit irgendwelchen alarmierenden Meldungen vom Zusammenbrechen ganzer Ökosysteme und so weiter und sofort. Natürlich lässt sich das gegen eine Spende an Animals in Danger schnell beheben. Hat ein bisschen was vom guten alten Ablasshandel im Mittelalter, würde ich sagen. Aber wer bin ich schon, das zu kritisieren? Ich bin ja bescheiden und würde mich nicht mit Luther vergleichen wollen.«

»Ja, Ihre Bescheidenheit ist fast schon sprichwörtlich«, konnte sich Drönkemeier einen Einwurf nicht verkneifen, wofür er von Jarmila einen tadelnden Blick erntete.

Lewert hingegen blieb vollkommen sachlich.

Ihn interessierte nämlich nur eins: War diese Frau von Tobias Kortmann ermordet worden, wie er behauptet hatte, oder nicht?

Alles andere war für ihn unwichtig.

»Dann haben Sie diese Frau Mendez also nicht irgendwie in einem beruflichen Zusammenhang bemerkt und sich ihr Gesicht eingeprägt.« Die Worte des Kommissars waren halb Feststellung, halb vergewissernde Frage.

Von Bröking schüttelte den Kopf.

»Nein.«

»Völlig ausgeschlossen?«

»Sie meinen, ob sie irgendwie vermisst war oder dergleichen? Nein. Das ist ausgeschlossen. Aber das sollten Sie doch eigentlich wissen, denn ich denke, Sie haben dieses Bild mithilfe einer gängigen Software mit den Daten der Vermisstenfälle abgeglichen.«

»Das habe ich und nicht nur damit.«

»Ich gebe zu, dass die Programme unter ein paar Kinderkrankheiten leiden und mit dem Zuverlässigkeitsgrad, mit dem ich meine Arbeit verrichte, nur bedingt vergleichbar sind, aber ich würde sagen, Sie haben nun eine definitive Antwort auf Ihre Frage, Herr Lewert.«

»Gut«, sagte Lewert.

»Darf ich fragen, warum diese Frau und dieses Foto Ihr Interesse so sehr geweckt haben, dass Sie sich deswegen extra zu mir auf die Insel Norderney bemüht haben?«

»Ein Mann namens Tobias Kortmann hat behauptet, sie auf der Insel Norderney umgebracht zu haben, weil sie einer mächtigen Verbrecherorganisation angehört.«

»Ah, ein Mörder, der für die gute Sache mordet! Mal eine Abwechslung. Nicht die persönliche Bereicherung durch die Beseitigung einer missliebigen Erbtante, sondern ein Mord zum Schutz der Allgemeinheit!«

»Der Mann ist psychisch krank und in entsprechender Behandlung.«

»Ich weiß«, nickte von Bröking.

»Sagen Sie bloß, den kennen Sie auch.«

»In der Tat!«

»Und dabei habe ich Ihnen noch gar kein Foto von ihm gezeigt!«

»Ist auch unnötig! Sein Konterfei ist mir noch sehr gegenwärtig.«

»Darf ich fragen, bei welcher Angelegenheit Sie mit Tobias Kortmann zu tun hatten, Herr von Bröking?«

Von Bröking seufzte. »Bei seinem letzten Ausbruch aus der geschlossenen Abteilung einer psychiatrischen Einrichtung war er Richtung Süden unterwegs. Die Münchner Polizei hat mich um Hilfe gebeten. Wenn ich mir nicht eine ganze Nacht damit um die Ohren gehauen hätte, stundenlang Aufnahmen von Überwachungskameras des Münchner Hauptbahnhofs anzusehen, hätte man ihn wahrscheinlich nie gekriegt und er wäre jetzt wer weiß wohin unterwegs.«

»Ach, so ist das …«

»Sagen Sie, Herr Lewert, war es nicht die Spezialität von Tobias Kortmann, sich mit falschen Mordgeständnissen bei der Polizei zu melden?«

»Ja, das stimmt.«

»Soweit ich das in Erinnerung habe, hat er angegeben, auf seinem Trip nach München mindestens fünfzehn Personen umgebracht zu haben.«

»Die alle sehr schnell als lebendig identifiziert werden konnten. Das ist der Unterschied zu diesem Fall, in dem uns die Tote nicht bekannt war.«

Von Bröking hob die Augenbrauen. »Nun, das hat sich dann jetzt hiermit geändert.«

»Das stimmt«, nickte Lewert.

»Mit anderen Worten, ich habe Ihren Fall gelöst!«

»Nun …«

»Oder, um es noch anders auszudrücken: Es gibt keinen Fall, Herr Lewert. Denn ich bin überzeugt davon, wenn Sie jetzt eine Nummer dieser Animals-in-Danger-Organisation anrufen, dann wird man Sie sicher weitervermitteln und dann werden Sie das ganz liebliche Stimmchen dieses Aktivisten-Models zu hören bekommen.«

»Aktivisten-Model?«, echote Lewert.

»Ja, glauben Sie denn wirklich, dass die Frau an den Mist glaubt, den sie da vertritt? Die sieht gut aus und ist das Gesicht der Organisation. Ein Model, das eine Rolle spielt. Das Outfit vielleicht etwas bodenständiger als in den Haute-Couture-Shows in Paris und Mailand, aber letztlich ist das doch auch nur eine Pose für Kameras. In dem einen Fall führt das dazu, dass Menschen sinnlos Geld für unpraktische, überteuerte Kleidung ausgeben, und in dem anderen, dass sie für Animals in Danger spenden. Und dabei ist so eine Organisation doch in Wahrheit so überflüssig wie ein Kropf, wie alle wissen, denn …« Er wandte sich zur Seite und deutete auf Drönkemeier. »Tata! Wir haben ja einen robbenrettenden Inselpolizisten! Wer braucht da schon Animals in Danger!«

»So, nun ist es aber gut«, gab Drönkemeier sichtlich pikiert zurück.

»Das war keineswegs despektierlich gemeint«, meinte von Bröking. »Andererseits – auch wenn sich dies nun als ein Fehlalarm in Sachen Mord erweist, Sie sollten sich mit der Dame auf dem Foto vielleicht doch noch etwas beschäftigen, Herr Drönkemeier.«

»Ich?«, fragte der Inselpolizist etwas irritiert.

»Ja, Sie! Ihre Bemühungen um Öffentlichkeitsarbeit in eigener Sache und Ihre Selbstinszenierung als robbenrettender Freund und Helfer, die Sie in Zusammenarbeit mit der charmanten Reporterin von der Inselzeitung in Gang gesetzt haben, wirkt doch sehr amateurhaft, wenn man sie mit den Hochglanz-Infotainment-Kampagnen vergleicht, die Frau Silvana Mendez für Animals in Danger bislang auf den Weg gebracht hat. Das war schon eine deutliche Spur …« Wieland von Bröking schnippte mit den Fingern, während er eine rhetorische Pause einlegte, in der er scheinbar nach dem richtigen Wort suchte. »… professioneller!«

»Was Sie nicht sagen«, murmelte Drönkemeier.

»Sie könnten davon lernen, Herr Drönkemeier.«

»Naja, jedenfalls vielen Dank, dass Sie uns so bereitwillig Auskunft gegeben haben, Herr von Bröking«, ergriff nun wieder Lewert das Wort.

»Keine Ursache! Ich helfe gerne. Allerdings muss ich mich nun wieder an meine Arbeit machen. Falls Sie noch bleiben wollen, wird meine Assistentin gerne für Ihre Unterhaltung sorgen – aber trinken Sie mir bitte nicht meinen Kaffee auf!«

Kapitel 4

»Ah, ich kann diesen Typ nicht ab!«, stieß Drönkemeier hervor, als Lewert und er wieder im Freien waren. »Was bildet der sich ein! Was denkt der eigentlich, wer er ist?«

»Nun, du musst zugeben, dass er uns ein ganzes Stück in der Sache weitergebracht hat«, sagte Lewert. »Vielleicht habe ich mich tatsächlich getäuscht und das Ganze ist überhaupt kein Fall.«

»Dann hat dich dein berühmter Instinkt also verlassen?«

Lewert zuckte mit den Schultern. »Ich nehme das sportlich. Dieser Instinkt hat mich so oft auf die richtige Fährte gesetzt, da muss ich auch akzeptieren, dass ich mal völlig danebenliege. So kann man sich täuschen. Allerdings sind wir mit der Sache erst dann fertig, wenn wir tatsächlich festgestellt haben, dass Frau Mendez noch am Leben ist.«

»Ja, klar. Die Hoffnung stirbt zuletzt.«

»Welche Hoffnung?«

»Dass es doch einen Mord gab und du gerechtfertigterweise ein paar Tage Urlaub auf Norderney machen kannst, Manno!«

»Ach, komm hör auf, Tjark.«

»Ich denke, das dürfte schnell zu überprüfen sein.«

»Das denke ich auch«, stimmte Manno Lewert zu.

Doch in diesem Punkt waren die beiden Männer im Irrtum, wie sich herausstellen sollte.

*

»Was ist los mit Ihnen, Herr von Bröking?«, fragte Jarmila.

Von Bröking saß in sich zusammengesunken in einem der Sessel in seinem Wohn- und Arbeitszimmer, das ansonsten durch hochmoderne Technik gekennzeichnet war. Es gab große Flachbildschirme, die enorme Ausmaße hatten. Jetzt zeigten sie entweder moderne abstrakte Gemälde, die von Bröking schätzte, oder einen Blick hinaus in die Dünen, der durch Webcams erzeugt wurde.

Man hatte den Eindruck, dass das Meer bereits wenige Meter vom Haus entfernt begann und die Wellen bei Flut bis fast in den Vorgarten hineinschwappten. Das war natürlich Unsinn. Aber die großen Flachbildschirme nährten diese Illusionen.

Von Bröking antwortete zunächst nicht. Er blickte starr vor sich. Irgendetwas schien ihn gedanklich stark zu beschäftigen. Dass er sie im Moment quasi nicht zur Kenntnis nahm, war für Jarmila nichts Ungewöhnliches. Das war sie gewohnt und es war unsinnig, das persönlich zu nehmen.

Am besten, man wartete einfach erstmal geduldig ab. Irgendwann würde von Bröking sicherlich aus dem Schneckenhaus seines Gedankenpalastes wieder hinausfinden und sich dann mit irgendeinem praktischen Problem an sie wenden. Da war sich Jarmila ganz sicher.

Sie setzte sich auf die Couch. Irgendetwas arbeitete jetzt im Hirn des Privatermittlers. Und Jarmila ahnte, dass es nicht mit seinem letzten Auftrag zu tun hatte. Der schien abgeschlossen zu sein. Ansonsten hätte von Bröking nicht die entsprechenden Anzeigen auf den Großbildschirmen deaktiviert. So gut kannte sie inzwischen seine Arbeitsabläufe schon.

»Ich habe diese Frau schon einmal gesehen«, sagte von Bröking schließlich in die Stille hinein.

»Sprechen Sie jetzt von der Frau, deren Foto Kommissar Lewert Ihnen gezeigt hat?«, vergewisserte sich Jamila.

Von Bröking lächelte mit einer Mischung aus Geringschätzung und Nachsichtigkeit. »Ich vergaß, dass sprunghafte Gedanken für Ihre Verständnisfähigkeit ein Problem sein können, Jarmila«, gab er dann zurück.

»Natürlich haben Sie die Frau schon mal gesehen. Im Internet als Tierschutz-Aktivistin.«

»Als Model einer Tierschutz-Organisation«, korrigierte von Bröking.

Jarmila seufzte. »Meinetwegen als Model einer Tierschutz-Organisation. Vielleicht habe ich ihr Bild auch schon irgendwo gesehen – im Internet, in der Presse, in den Medien. Nur erinnere ich mich nicht daran. Genau wie Herr Lewert.«

»Nein, ich meine etwas anderes«, widersprach von Bröking. »Ich meine, mich an das Gesicht von dieser Silvana Mendez in einem ganz anderen Zusammenhang zu erinnern.« Er schnippte mit den Fingern. »Ich weiß nur nicht mehr, in welchem Zusammenhang das gewesen ist.«

»Und jetzt suchen Sie gerade den verborgenen Winkel Ihres inneren Gedächtnispalastes, wo Sie diese Information abgelegt haben«, stellte Jarmila fest, die sich inzwischen ganz gut mit der Vorgehensweise Wieland von Brökings auskannte.

»Wo denn sonst? Ich weiß, dass ich dasselbe Gesicht schon mal in einem völlig anderen Zusammenhang angeschaut habe.«

»Hatte das mit Ihrer Arbeit zu tun?«, fragte Jarmila. »Mit einem Ihrer Aufträge zum Beispiel?«

»Wenn ich das wüsste.«

»Ich dachte, Sie behalten so etwas.«

»Normalerweise schon.«

»Und was ist jetzt anders als normalerweise?«

»Ich kann es Ihnen nicht sagen, Jarmila. Wenn ich das könnte, dann hätte ich die Erinnerung längst wiedergefunden.«

»Sie enttäuschen mich, Herr von Bröking. Zigtausende Gesichter können Sie sich merken und dieses eine geht Ihnen komplett durch die Lappen. Wie kann so eine komplette Fehlleistung zustande kommen?«

»Was Sie komplette Fehlleistung nennen, übersteigt die Fähigkeiten von über 98 Prozent der Bevölkerung immer noch bei Weitem!«

»Herr von Bröking, das war ein Spaß!«

»Jarmila, hier geht es möglicherweise um die Klärung von Kapitalverbrechen. Da hat Spaß nichts zu suchen.«

»Soll ich stille sein, Herr von Bröking?«

»Das habe ich nicht gesagt, Jarmila.«

»Ich habe kein Problem damit, einfach den Mund zu halten.«

»Nein, wenn ich so darüber nachdenke, dann sabbeln Sie doch bitte einfach weiter drauflos. Wenn man völlig in der gedanklichen Sackgasse steckt, kann einen geistloses Gesabbel manchmal durchaus inspirieren. Das ist wie eine Art Reset-Knopf für den Verstand, Sie verstehen, was ich meine … Naja, vermutlich nicht.«

»Danke für das Kompliment, Herr von Bröking.«

»Welches Kompliment?«

»Mein dummes Gesabbel taugt also immerhin dazu, Sie so zu verwirren, dass in Ihrem Wunderhirn eine Reset-Funktion aktiviert wird, sodass Sie dann wieder einen klaren Kopf kriegen.«

»So in etwa … Ich schätze es im Übrigen, wenn man mich paraphrasiert!«

»Da können Sie richtig von Glück sagen, dass es solche Dummies wie mich in Ihrer Umgebung gibt!«

»Höre ich da einen gewissen Unterton des Eingeschnapptseins aus Ihren Worten heraus?«

»Oh nein, Herr von Bröking, wie kommen Sie nur auf die Idee?«

»Sehen Sie es einfach so: Sie sind manchmal wie ein Katalysator für mich.«

»Ein Katalysator? Meinen Sie die Dinger in den Autos? Halte ich Ihnen den Schmutz der Welt ab und filtere ihn heraus, so wie die Katalysatoren das in den Autos machen? Meinen Sie das?«

»Nein, im übertragenen Sinn.«

»Was bedeutet das in diesem Fall?«

Von Bröking verdrehte kurz die Augen und fuhr dann fort: »Ein Katalysator ist ein Stoff, der selbst an einer chemischen Reaktion nicht teilnimmt, dessen Anwesenheit sie aber ermöglicht.«

»Also auf Deutsch: Den eigentlichen Gedanken kapier ich nicht mal, aber Sie hätten ihn ohne mich nicht gehabt.«

»So ungefähr.«

»Und wie kommen wir jetzt dem verlorenen Schatz in Ihrem Gedächtnispalast näher?«

»Eine gute Frage, Jarmila.«

»Diese Silvana Mendez …«

»Ich hatte gleich das Gefühl, dass dieser Name nicht passt«, schnitt ihr von Bröking das Wort ab.

»Wie meinen Sie das? Dass er falsch ist? Aber wenn es sich wirklich um ein Model handelt, dann wäre es gar nicht verwunderlich, wenn das nicht ihr echter Name ist. Die haben oft Künstlernamen. So wie Schlagersänger oder Zirkusclowns. Auch manche Schauspieler geben sich einen anderen Namen, weil sie denken, dass ihr Geburtsname nicht so gut zu ihrem Image passt. Aber abgesehen davon ist Mendez ein spanischer Name und wenn ihr Vater tatsächlich Kolumbianer ist, dann wäre es logisch, dass sie so einen Namen trägt, denn in Kolumbien spricht man Spanisch.«

»Kolumbien …«, murmelte von Bröking. »Was fällt Ihnen zu Kolumbien ein, Jarmila? Einfach so, ohne nachzudenken?«

»Drogen, Kokain, Guerilla-Aufstände, Entführungen … Viel Dschungel und das Land ist nach Kolumbus benannt.«

»Kokain.«

»Wie bitte?«

»Ich glaube, ich weiß jetzt, in welchem Zusammenhang mir das Gesicht von Frau Mendez schon mal in einem anderen Zusammenhang begegnet ist!«

»Und?«

»So weit bin ich noch nicht. Aber ich habe jetzt einen Anhaltspunkt. Das kriege ich heraus.«

Er klatschte in die Hände, woraufhin sich mehrere der großen Flachbildschirme aktivierten. Anstatt der abstrakten Gemälde oder der Aussicht auf die malerische Norderneyer Dünenlandschaft erschienen jetzt Kolonnen von Porträtfotos.

»Wonach suchen Sie jetzt eigentlich, Herr von Bröking?«, wollte Jarmila wissen.

»Das weiß ich noch nicht so genau. Aber am besten, Sie lenken mich jetzt erstmal nicht ab!«

Jarmila seufzte. »Ganz, wie Sie meinen!«

»Ich glaube, der Kaffee, den Sie aufgesetzt haben, wird nicht reichen. Ich werde ein paar Überstunden machen müssen …«

Kapitel 5

Am Abend saß Tjark Drönkemeier noch etwas länger in der Wache. Frau Haddinga war schon lange gegangen und auch Kommissar Lewert war inzwischen nicht mehr da. Er hatte sich zur Pension nach nebenan aufgemacht, um sich dort ein leckeres Abendessen servieren zu lassen.

Ja, Urlaub im Dienst müsste man haben, dachte Drönkemeier. So wie der Kommissar, der sich einfach mal kurz auf die Insel versetzen lässt, um einer Spur in einem Mordfall zu folgen, der vermutlich gar kein Mordfall war. Tjark Drönkemeier seufzte. Er war damit beschäftigt, noch ein paar Akten zu ordnen und etwas Papierkram zu erledigen, da bekam er tatsächlich noch Besuch.

»Moin«, sagte eine helle weibliche Stimme.

Frauke Drehmels, die Reporterin der Inselzeitung, steckte ihren Kopf durch die Tür der Polizeiwache und schenkte dem Inselpolizisten ein sehr nettes Lächeln.

Dessen Miene veränderte sich sofort.

Seine Gesichtszüge hatten zuvor noch ziemlich angestrengt gewirkt und die Falten auf seiner Stirn hatten diesen Eindruck noch unterstrichen. Doch jetzt zog sich wie von selbst alles glatt.

»Moin, Frauke!«, kam es zurück.

»Bist du noch im Dienst oder eigentlich schon im Feierabend?«

»Eigentlich schon im Feierabend, aber der Dienst hört manchmal einfach nicht auf«, sagte Tjark Drönkemeier. »Eine Tasse Kaffee ist allerdings noch in der Kanne.«

»Ein ostfriesischer Inselpolizist, der keinen Tee trinkt. Dieses Detail deiner Eigenschaften lasse ich besser aus der Berichterstattung über den emsigen, robbenrettenden Inselpolizisten raus, denke ich.«

»Wieso?«

»Weil das für manche sicher ein lokalpatriotisches Sakrileg ist.«

»Na, nun übertreib mal nicht!«

»Doch, doch! Einer, der keinen Tee trinkt, das kann kein richtiger Ostfriese sein. Mit dem muss irgendwas nicht stimmen.«

»Ja, mein Kollege Manno, der sagt sowas ab und zu. Aber der meint das ja nicht so.«

»Was man nicht so meint, das braucht man ja auch nicht zu sagen«, gab Frauke zurück. »Also ich wäre da an deiner Stelle etwas skeptischer!«

»Ich kann ja jetzt nicht meinen Kaffee im Geheimen trinken, oder?«

»Nee, das ist wahr«, lachte Frauke.

»Und du machst das ja schließlich auch nicht!«

»Fröhnen wir also unserem gemeinsamen Laster, das von irgendwelchen auswärtigen Touristen und Zugezogenen in dieses von der Welt abgeschlossenes Land namens Ostfriesland gebracht wurde und nun nach und nach die gute Gewohnheit des Teetrinkens verdrängen wird.«

»Nimm Platz, Frauke!«

Frauke setzte sich zu Drönkemeier an den Tisch. Dieser stand allerdings auf, holte einen Kaffeebecher und goss der jungen Reporterin von der Inselzeitung etwas ein. Sich selbst anschließend ebenfalls. Der Geruch von Kaffee verbreitete sich daraufhin in der Wache.

»Was führt dich zu mir auf die Wache?«, fragte Tjark Drönkemeier dann.

»Natürlich in erster Linie der Charme des Inselpolizisten«, versicherte Frauke.

»Hör mal, was wird das denn heute? Die Norderneyer Charme-Offensive?«

»Etwas dagegen einzuwenden, Tjark?«

»Nun … Ich denke nicht.«

»Aber ich bin auch noch aus einem anderen Grund hier, der mit deiner angenehmen Gesellschaft nichts zu tun hat.«

»Und das wäre?«

»Ich habe vor der Wache ein Fahrzeug gesehen, das mir bekannt vorkam. Gehe ich recht in der Annahme, dass es sich um das dienstlich genutzte Privatfahrzeug deines Festlandskollegen Kriminalhauptkommissar Manno Lewert handelt?«

»Ich wusste gar nicht, dass du so einen Blick für Autos hast, Frauke«, gestand Tjark Drönkemeier.

Sie lächelte. »Den habe ich mir für meinen Job angewöhnt, Tjark.«

»Ich verstehe.«

»Und? Hatte ich recht?«

Tjark Drönkemeier nahm erstmal einen großen Schluck Kaffee, bevor er schließlich antwortete.

»Du hast recht«, gab er zu. »Der Kollege Lewert sucht mal wieder die Insel heim.«

»Und das bedeutet, es muss irgendwo auf Norderney ein Mord geschehen sein, nicht wahr?«

»Frauke, wie kommst du denn darauf!«

»Sonst wäre er nicht hier«, beharrte Frauke Drehmels. »Herr Lewert kommt immer dann auf die Insel, wenn du Unterstützung bei der Aufklärung einer Mordsache brauchst. Das hast du mir selbst bei unserem letzten gemeinsamen Kaffee so erklärt.«

»Und jetzt möchtest du gerne, dass ich dir irgendwas berichte, was du dann in den Inselnachrichten bringen kannst.«

»Ehrlich gesagt ja, Tjark. Eine halbe Seite fehlt mir noch, und bevor ich mir da irgendwas aus den Fingern saugen soll, wäre ich dir schon für ein kleines Sensatiönchen dankbar. Ein aktueller Mord wäre da nicht schlecht – natürlich nur medientechnisch gesehen. Nicht an sich. So ein Mord ist natürlich ganz schrecklich, aber …«

»Warum schaltest du nicht einfach eine zusätzliche Großanzeige?«, fragte Tjark. »Ich meine, um diese halbe Seite zu füllen. Das dürfte doch nicht zu schwer sein.«

»Das Anzeigengeschäft ist stark rückläufig, Tjark, das ist ja eines der Probleme, mit dem die gedruckte Presse seit vielen Jahren zu kämpfen hat. So einfach ist das nicht. Und gestorben ist auch niemand, dessen Todesanzeige die Lücke vielleicht füllen könnte.«

»Dann hast du den Herrn Uhlenkotte schon angerufen?«, hakte Tjark Drönkemeier nach.

Herr Uhlenkotte war der örtliche Bestatter auf Norderney. Und wenn auf der Insel ein Mord geschah, dann wurde dessen Leichenhalle häufig dafür genutzt, den Leichnam des Mordopfers zunächst einmal aufzubewahren, bis er dann vom rechtsmedizinischen Institut in Oldenburg abgeholt werden konnte. Und natürlich war Herr Uhlenkotte sicher auch die erste Adresse, wenn man sich nach jüngsten Sterbefällen auf der Insel erkundigen wollte.

»Ja, sicher habe ich das«, gab Frauke zurück. »Du bist wirklich meine letzte Hoffnung, Tjark!«

»Da muss ich dich leider enttäuschen, Frauke.«

»Wie bitte?«

»Manno – also Herr Lewert – ist zwar auf der Insel und ermittelt auch, aber bislang haben wir keinen Mord.«

»Aber warum ist er dann hier?«

»Tja, das ist ja nun eigentlich was Dienstliches.«

»Und du denkst, das kannst du mir deshalb nicht sagen?«

»Eigentlich ist das so.«

»Aber Tjark, du weißt doch, dass bei mir jedes Geheimnis in den besten Händen ist. Habe ich dir bisher schon irgendwann mal Ärger gemacht?«

»Nein, das will ich nicht sagen.«

»Na also!«

Tjark Drönkemeier trank seinen Kaffee aus und dabei schien er ziemlich angestrengt darüber nachzudenken, was und wie viel er Frauke jetzt offenbaren sollte.

»Ich dachte, wir vertrauen uns, Tjark.«

»Ja, das tun wir auch.«

»Von mir erfährt niemand ein Sterbenswort, wenn es dafür irgendeinen auch nur halb nachvollziehbaren Grund gibt. Darauf kannst du dich verlassen.«

»Ich weiß …«

»Und ich würde auch niemals etwas tun, was dir schadet, mein lieber Tjark! Darauf kannst du dich auch verlassen.«

Tjark Drönkemeier zögerte noch. Aber mit wem hätte er sonst darüber sprechen sollen? Und Frauke Drehmels war dem Inselpolizisten in letzter Zeit auch in privater Hinsicht sehr vertraut geworden.

Es gab da tatsächlich etwas, worüber sich Tjark Gedanken machte. Und zwar schon seit sein Kollege Lewert so plötzlich auf der Insel aufgetaucht war.

»Also ganz unter uns und im Vertrauen«, begann Tjark dann schließlich.

Frauke Drehmels hob die Augenbrauen und wirkte sehr aufmerksam.

»Ich bin ganz Ohr, Tjark – und natürlich extrem verschwiegen.«

»Darauf muss ich mich wirklich verlassen können!«

»Na klar!«

»Also ich schätze den Kollegen Lewert wirklich sehr, aber ich glaube, diesmal hat er sich total verrannt.«

»Was meinst du damit?«

»Er jagt einem Gespenst nach. Oder anders ausgedrückt: einem Mord, den es vermutlich nie gegeben hat.«

»Wie meinst du das denn?«

»Genau, wie ich sage. Da ist ein Typ, dessen Spezialität es ist, falsche Mordgeständnisse abzulegen. Dieser Mann ist eigentlich in einer geschlossenen Psychiatrie untergebracht, aber zwischenzeitlich immer mal wieder ausgebrochen. Und dann erzählt er Geschichten von Morden, die er angeblich begangen haben will, die aber niemals passiert sind.«

»Das klingt wirklich schräg.«

»Anscheinend war dieser Mann auch auf Norderney. Er hat eine Frau fotografiert, von der er behauptet, sie ermordet zu haben.«

»Aber dann müsste es doch irgendwo auch eine Tote geben!«, stellte Frauke Drehmels fest.

Tjark Drönkemeier nickte. »Du hast es erfasst. Nur konnte die bisher nicht gefunden werden.«

»Aber der Kommissar lässt nicht locker, wenn ich dich richtig verstanden habe.«

Tjark seufzte hörbar. »Ja, der Manno kann wirklich sehr hartnäckig sein – was ich ja normalerweise auch als eine sehr positive Eigenschaft ansehe.«

»Nur in diesem Fall nicht!«

»Wie gesagt, ich glaube, dass er sich total verrannt hat!«

»Oder er wollte einfach die schönste Zeit des Jahres auf Norderney verbringen anstatt in einem stickigen Kommissariat auf dem Festland und hat deswegen die Gelegenheit genutzt, auch mal ohne Fall auf die Insel zu kommen!«

»Auf diesen Verdacht sind auch schon andere gekommen«, stellte Tjark fest.

Sie hob die Augenbrauen.

»Und was mache ich jetzt mit meiner halben Seite?«

»Also eine Robbe kann ich jetzt heute Abend nicht mehr für dich retten. Sind leider zurzeit keine Robben in Not, Frauke!«

»Das ist aber fast schon … schade!«

»Tja, was soll man machen, Frauke? Jeden Tag eine gute Tat, das nehmen sich zwar die ehrgeizigen Pfadfinder vor, und ich schaff das vielleicht gerade noch so …«

»Das klingt nach einem Aber!«

»… aber jeden Tag eine gute Tat, über die es sich auch lohnt, um darüber in der Zeitung zu berichten, das kriege ich nicht immer ganz hin, Frauke.«

*

Manno Lewert saß unterdessen im Speiseraum der Pension Haddinga. Herr Haddinga hatte ihm etwas Leckeres zum Abendbrot gemacht. Einen Matjesteller mit Schwarzbrot. Das war eine Spezialität von Herrn Haddinga, und wenn es sonst keine Gründe gegeben hätte, um auf die Insel zu kommen: Das wäre allein schon einer gewesen.

Frau Haddinga war inzwischen auch schon längst aus der Polizeiwache rübergekommen. Ihr Telefondienst war zu Ende. Normalerweise half sie dann ihrem Mann bei allem, was dann noch so in der Pension zu regeln war.

Aber diesmal setzte sie sich zu Kommissar Lewert an den Tisch.

»Herr Lewert, ich glaube, ich muss jetzt mal ein ernstes Wort mit Ihnen reden«, begann sie dann.

Der Kommissar sah sie etwas verwundert an. »Sie – mit mir?«, wunderte er sich und kratzte sich dann an seinem haarlosen Kopf.

»Ich kann doch offen mit Ihnen sprechen, nehme ich an.«

»Natürlich können Sie das!«

»Wir kennen uns nun schon wirklich eine ganze Weile. Wann war das nochmal, als Sie das erste Mal hier waren?«

»War sicher ein Mord. Aber sagen Sie ruhig, was Sie auf dem Herzen haben, Frau Haddinga.«

»Ich habe immer bewundert, wie Sie in aller Ruhe Ihren Spuren und Hinweisen folgen und niemals aufgeben und dann irgendwann auch ans Ziel kommen. Fast so, als hätten Sie es von Anfang an gar nicht anders erwartet.«

»Jetzt übertreiben Sie aber ein bisschen.«

»Nee, das stimmt schon so. Aber was diese unbekannte Frau angeht, da sind Sie vollkommen auf dem falschen Dampfer, wenn ich Ihnen da mal ganz grob meine Meinung sagen darf.«

Manno Lewert lächelte nachsichtig.

»Das dürfen Sie, Frau Haddinga.«

»Ich hoffe, Sie sind nicht beleidigt.«

»Da muss schon mehr passieren. Aber abgesehen davon wissen wir ja jetzt, wer diese Frau ist. Und wenn sie nicht tot ist, dann muss diese Silvana Mendez ja irgendwo aufzutreiben sein. Sie waren doch heute Nachmittag dabei, Frau Haddinga. Und einige der Anrufe haben Sie mir ja auch abgenommen, sodass wir dann zum Glück auch etwas schneller vorangekommen sind.«

»Herr Lewert, die Tatsache, dass Frau Mendez an diesem Nachmittag nicht zu erreichen war, muss überhaupt nichts heißen. Das wissen Sie doch auch.«

»Wir haben bei dieser Umweltschutzorganisation angerufen, wir haben bei der letzten bekannten Privatadresse angerufen, wir haben versucht, E-Mail-Kontakt herzustellen, wir haben versucht, Personen zu erreichen, die zumindest den sozialen Netzwerken nach mit ihr bekannt und eng vertraut waren«, fasste Kommissar Lewert zusammen. »Wir konnten niemanden finden, der Frau Mendez nach dem Zeitpunkt des mutmaßlichen Mordes noch gesehen oder Kontakt mit ihr hatte. Eine Freundin, die in einer Chat-Gruppe mit ihr andauernd Nachrichten ausgetauscht hat, gab an, dass die letzte Nachricht ungefähr zwei Stunden vor dem Zusammentreffen mit Tobias Kortmann eintraf. Danach kam nichts mehr …« Lewert atmete tief durch.

»Sie sind noch ganz drin in dem Fall«, stellte Frau Haddinga fest.

»Weil er in meinen Augen ungelöst ist«, stellte Lewert klar.

»Sie haben alles getan, was möglich war, jeden angerufen, der auch nur im Entferntesten infrage kam …«

»… und niemand konnte bestätigen, dass Frau Mendez noch lebt!«, beharrte Lewert.

»Was ich sagen wollte, ist: Vielleicht sollten Sie zumindest einfach mal versuchen, ein paar Stunden abzuschalten. Dann kommen einem auch neue Ideen und man kann die ganze Angelegenheit vielleicht auch mit etwas mehr Abstand betrachten.«

»Sie denken, dass ich mich in eine Sackgasse begeben habe?«, fragte Kommissar Lewert.

»Also, ich will mir da kein Urteil erlauben, Herr Lewert. Schließlich bin ich ja nicht mal eine Polizistin. Ich habe von all dem Ermittlungskram letztlich überhaupt keine Ahnung und kann dazu auch nichts sagen. Mein Arbeitsgerät ist das Telefon und da habe ich schon mit den modernen Anlagen manchmal so meine Schwierigkeiten. Insgeheim wünsche ich mir ab und zu die gute alte Wählscheibe zurück.«

»Ich folge in der Regel meinem Instinkt«, sagte Manno Lewert. »Und der sagt mir, dass dieser Fall noch nicht gelöst ist. Sollte diese junge Frau irgendwann wieder auftauchen und sich herausstellen, dass kein Mord stattgefunden hat – umso besser. Aber solange das nicht restlos aufgeklärt ist, ist für mich auch der Fall noch nicht aufgeklärt.«

»In diesem Punkt sind Sie wahrscheinlich unverbesserlich.«

Lewert lächelte.

»Ja, das kann durchaus sein. Aber wenn man nicht hartnäckig genug ist, dann lassen sich manche Fälle einfach nicht lösen. Man muss an der Sache dranbleiben, notfalls auch über lange Zeit.«

Frau Haddinga seufzte. »Also ich habe Ihnen jetzt gesagt, was ich dazu denke, Herr Lewert. Vorschriften machen wollte ich Ihnen natürlich nicht.«

»Das habe ich auch nicht so aufgefasst, Frau Haddinga.«

»Na, dann ist es ja gut.«

»Und im Übrigen weiß ich ein offenes Wort immer zu schätzen.«

*

Am Abend telefonierte Manno noch mit seiner Frau. Inzwischen hatten für sie die Sommerferien begonnen. Eigentlich war Frau Lewert alles andere als begeistert davon, dass ihr Mann sich ausgerechnet jetzt dienstlich auf die Insel Norderney begab. Aber andererseits wusste sie genau, dass er das nie ohne einen guten Grund tun würde.

»Habt ihr eure Leiche inzwischen gefunden, Manno?«, fragte sie.

»Nee, das kann sich wohl noch ein bisschen hinziehen. Bis jetzt hat sich noch nichts Weiteres ergeben. Aber ich tue, was ich kann, um meinen Aufenthalt hier nicht unnötig zu verlängern.«

»Wenn du lieber Urlaub ohne mich machst, dann brauchst du dafür keinen Mord vorschieben, Manno!«

»Das würde ich auch nie tun!«

»Naja, im Augenblick muss ich sowieso noch meinen Stoffverteilungsplan für das neue Jahr machen.«

»Und da sagen die Leute immer, Lehrer hätten in den Ferien nichts zu tun!«

»Ein reines Vorurteil, Manno.«

»Das trotzdem in aller Munde ist.«

»Na, ich wünsche dir auf jeden Fall eine gute Nacht.«

»Gleichfalls!«

»Und lass dich von diesem arroganten Sack nicht unnötig fertigmachen.«

»Welchem arroganten Sack?«

»Na, diesem von Bröking.«

»Du kennst ihn doch gar nicht«, wandte Manno Lewert ein. »Wie willst du da beurteilen, dass er ein arroganter Sack ist?«

»Aber du hast mir reichlich von ihm erzählt, Manno.«

»Das ist richtig.«

»Und wenn nur die Hälfte davon zutreffen würde, dann wäre genau das die richtige Bezeichnung für ihn.«

»Das sehe ich nicht so.«

»Also ich kann nur bewundern, wie du diesen arroganten Kerl erträgst. Aber du bist ja auch die Ruhe selbst. Wenn ich mit dem einen Mord aufklären müsste, dann würde es sehr schnell einen weiteren geben – und das Opfer wäre dann auf jeden Fall jemand mit einem ›von‹ im Namen.«

»Na, dann ist es ja gut, dass ich die Morde auf Norderney aufkläre – und nicht du!«, meinte der Kommissar lächelnd.

*

In der Nacht schlief der Kommissar nicht viel und auch nicht gut. Normalerweise schlief er wie ein Murmeltier. Seit er denken konnte, hatte er morgens Schwierigkeiten, aufzustehen und überhaupt in Fahrt zu kommen. Das war wohl seinem insgesamt ziemlich ruhigen Temperament geschuldet.

Aber in dieser Nacht war das anders.

Offenbar beschäftigte ihn die ganze Sache stärker, als das sonst der Fall war – und das, obwohl es noch nicht einmal eine Leiche gab.

Vielleicht war auch gerade dies der Grund dafür.

Lewert stand auf und nutzte die frühe Stunde, um zum Strand zu gehen. Von der Polizeiwache aus war das nicht weit. Um diese Zeit war dort noch niemand. Das Meer rauschte. Die Möwen mischten ihre schrillen Schreie in dieses Rauschen hinein und zusammen ergab das einen einzigartigen Chor.

Einen Chor, wie man ihn nur an einem Strand wie auf Norderney zu hören bekam.

Hatte die Frau Haddinga am Ende sogar recht?, fragte sich der Kommissar. Folgte er einer falschen Spur? Irgendeinem Hirngespinst, das ihm dieser Irre in den Kopf gesetzt hatte und das er nun nicht wieder loswurde?

Lewert ging durch den weichen Sand.

Das Meer hatte sich gerade einen Volleyball geholt, den irgendjemand am Tag hier vergessen hatte. Die Flut kam. Noch eine Stunde, dann war Hochwasser. Hier auf der Nordseite der Insel war das nicht so stark bemerkbar wie auf der Wattseite. Aber sichtbar war der Unterschied schon.

Lewert musste an eine Tante denken, die früher alle Verwandtentreffen seiner Familie mit ihren Geschichten von Arztbesuchen unterhalten hatte. Tante Bernhardine. Sie hatte nur mühsam Hochdeutsch gesprochen und dann meistens so überkorrekt, wie das Menschen tun, für die das eine Fremdsprache war. Wenn sie sich dann aufregte, kamen immer plattdeutsche Worte dazwischen. Dagegen konnte sie nichts machen. Auch wenn ihr das peinlich war, denn eigentlich war es immer ihr Ehrgeiz gewesen, perfektes Hochdeutsch zu sprechen. Tante Bernhardine hatte sich immer darüber beklagt, dass einem jeder Arzt eine andere Diagnose gab – je nachdem, welches

Spezialgebiet der Betreffende gerade hatte. »Hat man Kopfschmerzen, sagt einem der Augenarzt, dass das von der falschen Brille kommt. Und der Orthopäde, dass das mit den Füßen oder dem Rücken zu tun hat. Für den Zahnarzt ist es der Weisheitszahn und der Neurologe vermutet einen Gehirntumor. Wem soll man denn da glauben? Keiner schaut mal über den Tellerrand seines Fachs! Keiner! Und deswegen kommt dann auch keiner drauf, wenn man einfach nur einen Eiterpickel am Kopf hat!«

Bin ich auch so?, ging es Lewert durch den Kopf. Sehe ich überall Morde, wo gar keine sind?

Er musste lächeln bei dem Gedanken. Immerhin habe ich das dann mit Tobias Kortmann gemeinsam, diesem armen Kerl, der meint, dass er Morde gestehen muss, damit ihn irgendjemand ausreichend beachtet, dachte der Kommissar.

Er begann sich zu fragen, ob er in gewisser Weise dem Geltungsstreben dieses Verrückten vielleicht sogar mehr auf den Leim gegangen war, als er sich eingestehen mochte.

Kapitel 6

Als Kommissar Lewert dann zurückkehrte, erlebte er eine Überraschung.

Auf der Treppenstufe am Eingang der Polizeiwache saß ein Mann von Mitte dreißig. Er lehnte gegen den Türrahmen. Seine Augen waren geschlossen. Der untere Teil seines Gesichts war hinter dem hochgestellten Kragen seiner Windjacke verborgen. Aber Lewert erkannte ihn trotzdem sofort.

»Herr von Bröking! Was machen Sie denn hier?«, fragte Lewert.

Der Mann machte die Augen nicht auf. Er schlief nicht, das war Lewert sofort klar. Vielmehr wirkte er so, als wäre er stark konzentriert.

»Herr von Bröking?«

»Augenblick! Sie können mich gleich ansprechen«, sagte Wieland von Bröking und streckte dabei abwehrend die Hand aus, so als wäre die Ansprache des Kommissars eine schier unerträgliche akustische Belästigung, die ihn aus irgendeinem wichtigen Gedankengang herausriss.

Dann öffnete er die Augen und erhob sich.

»Schön, dass Sie offensichtlich auch gewohnt sind, Ihren Tag zu nutzen, Herr Lewert, und dementsprechend früh aufstehen«, sagte von Bröking.

»Was ist Ihr Anliegen, Herr von Bröking?«

»Es geht um die Frau, deren Foto Sie mir gezeigt haben.«

»Silvana Mendez.«

»Diese Frau hat noch eine weitere Identität. Ich nehme an, Silvana Mendez existiert in Wahrheit gar nicht. Ihr wirklicher Name ist Bianca Keller. Sie steht im Verdacht, eine Drogenhändlerin zu sein, und deswegen wird sie in zwölf Ländern gesucht.«

Lewert öffnete den Mund und vergaß ihn wieder zu schließen. Stattdessen bildete sich auf seiner ansonsten glatten Stirn eine V-förmige Falte.

»Ich muss zugeben, ich bin verblüfft«, stellte er dann fest. »Und sowas noch vor dem Frühstück und der ersten Tasse Tee.«

»Diese Frau hat ihre Identität als Tierschutz-Aktivistin vermutlich nur aufgebaut, um damit das zu tarnen, was sie wirklich tut: den Drogenhandel zu organisieren.«

»Dafür gibt es dann auch hoffentlich ein paar konkrete Anhaltspunkte – oder ist das einfach nur eine Theorie, die Sie sich ausgedacht haben, Herr von Bröking?«

»Inzwischen sollten wir uns etwas besser kennen, Herr Lewert.«

»Nun …«

»Haben Sie mich schon mal einfach so haltloses Zeug daherreden hören? Wohl kaum. Wenn ich Ihnen in der Vergangenheit mit irgendwelchen kleinen Hinweisen ausgeholfen habe, die Sie dann in die Lage versetzen, Ihren Fall zu lösen, dann hatte das immer Hand und Fuß. Das müssen Sie zugeben.«

»Das wollte ich nicht infrage stellen.«

»Dann würde ich Folgendes vorschlagen: Wir machen uns auf den Weg.«

»Auf den Weg?«

»Ja, zum Ostende der Insel. Dahin, wo dieser Tobias Kortmann diese Frau fotografiert hat. Das Foto ist mit einem Handy gemacht worden. Es ist sehr wahrscheinlich, dass die exakten Standortdaten zu ermitteln sind. Und dann sehen wir uns genau dort um.«

»Wir beide?«

»Ja, wundert Sie das?«

»Nein, das nicht.«

»Ist Ihnen meine Gesellschaft unangenehm?«

»Nein, das auch nicht.«

»Worauf warten wir dann noch? Wenn Sie jetzt zögern, wird das nur denen nutzen, die die Frau umgebracht haben.«

»Sie gehen von einem Mord aus?«

»Ja. Zugegeben: Diesen Punkt kann ich noch nicht beweisen.«

»Dafür müssten wir erst einmal eine Leiche finden.«

»Ja.«

Lewert hielt jetzt erst einmal inne. Er strich sich nachdenklich den Vollbart glatt. Davon, wirklich zu begreifen, wie Wieland von Bröking plötzlich zu seiner Erkenntnis gelangt war, war der Kommissar weit entfernt. Aber das würde dieser ihm ja hoffentlich noch erläutern.

»Wo ist eigentlich Ihre Assistentin?«, fragte er dann.

»Warum fragen Sie das? Denken Sie, ich bin zu unbegleitetem Ausgang nicht imstande?«

»Nun …«

»Für Jarmila ist es noch zu früh. Die schläft noch. Ihre Arbeitszeit hat noch nicht begonnen.« Von Bröking sah auf die Uhr. »Wenn wir uns beeilen, sind wir gegen Mittag zurück. Sie können ein verspätetes Frühstück einnehmen, und wenn Sie Ihren etwas einfältigen Kollegen, diesen robbenrettenden Inselpolizisten, produktiv einsetzen wollen, dann wäre es ratsam, wenn der inzwischen ein paar Leichenhunde nebst Hundeführer und polizeiliches Suchpersonal vom Festland organisiert.«

»Wie bitte?«

»Ja, sehen Sie mich nicht so an, Herr Lewert. Genau das werden wir letztlich brauchen, sobald wir die Lage vor Ort etwas sondiert haben.«

»An die Möglichkeit habe ich auch schon gedacht.«

»Na fein, dass unsere Gedanken zumindest in diesem Punkt in eine gemeinsame Richtung gehen.«

»Vielleicht sollte ich mir erst einmal genauer ansehen, was Sie herausgefunden haben wollen, Herr von Bröking.«

»Dazu ist keine Zeit. Ich informiere Sie unterwegs, dabei haben wir ja viel Zeit. Schließlich kann man den letzten Teil des Weges nur zu Fuß hinter sich bringen, es sei denn, Sie organisieren auf die Schnelle noch ein Pferd.«

»Wie wär's mit einem Fahrrad?«

»Fahrräder hasse ich. Und für den Fußweg durch die Dünen ist das auch nicht unbedingt ein gutes Verkehrsmittel, wie jeder bestätigen kann, der das mal ernsthaft versucht hat.«

Lewert seufzte.

Warum nicht?, dachte er. Der Strohhalm, den von Bröking ihm reichte, war immer noch besser als gar nichts. Und bis jetzt, das musste der Kommissar bei ehrlicher Selbsteinschätzung zugeben, hatte er gar nichts. Nichts Konkretes zumindest.

*

Sie stiegen in Lewerts Wagen. Von der Polizeiwache aus ging es dann zum Parkplatz Ostheller, der ungefähr in der geografischen Mitte der Insel lag. Hier parkten bereits einige Fahrzeuge. Das einzige Gebäude hier war die Schutzhütte, in der man sich über den Nationalpark Wattenmeer informieren konnte. Aber die Schutzhütte war um diese Zeit auch noch nicht geöffnet.

Lewert und von Bröking stiegen aus.

Das Meeresrauschen war nur aus der Ferne zu hören. Stattdessen traten die Stimmen zahlreicher Vögel in den Vordergrund, die in den Dünen nisteten. So langsam schienen die wach zu werden.

»Tja, dann wollen wir mal, Herr Lewert«, sagte von Bröking. »Von hier aus liegt jetzt ein ganz ordentlicher Fußmarsch vor uns. Aber der Anblick der Dünen zu so früher Tageszeit entschädigt ja für so manches, würde ich sagen.«

»Ich frage mich, was Tobias Kortmann eigentlich hier wollte«, meinte Lewert. »Wieso Norderney? Und wieso das Ostende?«

»Vielleicht hat er vom Schiffswrack gehört.«

»Möglich.«

»Haben Sie ihn nicht gefragt, Herr Lewert?«

»Natürlich habe ich das. Aber ich habe wie auf fast alle meine Fragen nur Antworten bekommen, die vorsichtig formuliert sehr interpretationsbedürftig sind.«

»Ich verstehe. Nur wirres Gerede.«

»Vielleicht haben wir während des Verhörs auch einfach aneinander vorbeigeredet.«

Von Bröking hob die Augenbrauen. »Wie meinen Sie das?«

»Ich wollte wissen, was der Reihe nach geschehen ist, er hingegen wollte mich in erster Linie davon überzeugen, dass er eine Frau umgebracht habe und dafür auch einen guten Grund vorweisen könnte. Seiner Meinung nach gehörte sie einer Verbrecherorganisation an.«

»Offenbar hatte Herr Kortmann recht.«

»Ich glaube, Sie wollten mir noch ein paar Dinge erklären.«

»Lassen Sie uns schon mal losgehen. Ich hoffe, Sie sind nicht fußlahm, Herr Lewert.«

»Keine Sorge.«

»Sehen Sie, das ist so: Sie haben mir dieses Foto von der Frau gezeigt, und mir war sofort klar, dass ich sie schon gesehen habe.«

»Sie haben sie als Silvana Mendez identifiziert.«

»Worauf jeder hätte kommen können, denn diese Silvana Mendez war ja in der Öffentlichkeit durchaus präsent. Diese Aktionen ihrer Organisation Animals in Danger fanden ja schließlich nicht unter Ausschluss der Öffentlichkeit statt.«

»Aber nur Sie haben sich sofort daran erinnert!«

»Ja, aber nachdem Sie mir dieses Bild gezeigt haben, da rumorte irgendwas in mir. Ich hatte nämlich das unbestimmte Gefühl, diese Frau schon einmal vorher gesehen zu haben – nicht als Silvana Mendez und mit irgendwelchen kuscheligen Haustieren, sondern in einem ganz anderen Zusammenhang.«

»Auf diesen Zusammenhang bin ich gespannt.«

»Vor fünf Jahren habe ich für die kolumbianische Polizei einige Tausend Gesichter in Datenbanken überprüfen müssen. Es ging um Personen, die in den Drogenhandel verstrickt waren. Dazu gehörte auch eine gewisse Bianca Keller, geboren in Deutschland, ausgewandert nach Kolumbien. Sie folgte vermutlich einem gewissen Emilio Garcia Rodriguez, der zwei

Jahre später bei einer Schießerei unter Drogengangstern erschossen wurde. Auch Bianca Keller wurde gesucht, ist aber seitdem verschwunden.«

»Und Sie meinen, dass sie mit Silvana Mendez identisch ist?«

»Ich denke, Silvana Mendez ist eine falsche Identität, die sie sich irgendwo gekauft hat. Es gibt Pässe, die leichter zu besorgen sind als andere. Und daher liegt es nahe, dass sie sich als Kolumbianerin mit deutschen Wurzeln ausgegeben hat. Das erklärt dann einiges. Zum Beispiel, dass sie so gut Deutsch spricht. Warten Sie mal.« Wieland von Bröking griff in die Innentasche seiner Windjacke und holte sein Handy hervor. Er blieb dabei stehen und wischte etwas auf dem Display herum. Dann hatte er offenbar, wonach er suchte. »Schauen Sie sich das bitte mal an, Herr Lewert.«

Von Bröking hielt ihm das Handy hin.

Lewert sah es sich an. Er blinzelte. Dann zog er seine Brille hervor und sah sich das Foto noch etwas genauer an.

»Das ist eine andere Frau«, sagte er.

»Nein, das ist Bianca Keller alias Silvana Mendez.«

Lewert nahm nun sein eigenes Handy hervor und holte sich jenes Bild auf das Display, das Tobias Kortmann mit jenem Smartphone geschossen hatte, das er am Bahnhof Emden-West einer völlig Unbeteiligten gestohlen hatte. Von Bröking hielt nun das Vergleichsbild seines Handys daneben.

»Ich gebe zu, es liegen ein paar Jahre zwischen beiden Aufnahmen«, sagte von Bröking dann. »Aber die Unterschiede sind wirklich zu vernachlässigen. Ich würde übrigens auch nicht sagen, dass die junge Frau übermäßig stark in dieser Zeit gealtert ist. Ein bisschen nagt der Zahn der Zeit ja an uns allen, aber …« Er machte die Augen für einen Moment schmal, so als wollte er den Blick noch einmal stark fokussieren. Dann schüttelte Wieland von Bröking entschieden den Kopf. »Nein, ich bin mir vollkommen sicher!«

»Also ich sehe hier eine Frau mit langen dunklen Haaren, zuvor waren sie kurz und blond. Der Gesichtsausdruck ist völlig anders. Die Nase und das Kinn auch, und wenn ich so vom Gesamteindruck ausgehe … Ich hätte die nicht erkannt!«

»Lassen Sie sich nicht durch ablenkende Attribute in Ihrer Wahrnehmung beeinflussen, Herr Lewert.«

»Ablenkende Attribute?«

»Haarfarbe, Hautfarbe, Gesichtsausdruck und so weiter und so fort. Nicht mal auf die Augenfarbe können Sie sich verlassen, denn die kann durch Kontaktlinsen leicht verändert werden. Aber es gibt ein paar wesentliche Merkmale in einem Gesicht, die sich nicht ändern. Glauben Sie mir, dies ist dieselbe Frau. Sie können beide Bilder gerne durch eine Bilderkennungssoftware jagen. Die wird Ihnen das bestätigen – sofern sie einwandfrei funktioniert.«

»Das hätten wir vielleicht tun sollen, bevor wir uns auf unseren langen Marsch durch die Dünen gemacht haben«, sagte Kommissar Lewert.

»Dann hätten wir Zeit verloren. Sie vertrauen meinen Fähigkeiten nicht?«

»Doch, schon! Deswegen bin ich ja überhaupt hier.«

»Gut, dann hätten wir diesen Punkt geklärt.«

»Aber ich hatte eigentlich gedacht …« Kommissar Lewert zögerte, bevor er weitersprach.

Von Bröking hob die Augenbrauen. »Was hatten Sie gedacht?«

»Dass die Sache eindeutig wäre.«

»Nur für Sie und Ihren vergleichsweise eingeschränkten Blick ist das nicht eindeutig, Herr Lewert.«

»Macht ein Super-Recognizer niemals Fehler?«

»Doch. Ab und zu mal. Aber hier kann ich das ausschließen. Und davon abgesehen: Ich mache zwar auch Fehler, aber Super-Recognizer machen bei der Gesichtserkennung deutlich weniger Fehler als selbst die beste Software. Wenn Sie mal etwas Zeit zwischendurch haben und in Ihrem Büro auf der Wache in Norden nichts zu tun haben, kann ich Ihnen gerne die entsprechenden Studien zur unterhaltenden Lektüre schicken.«

Lewert sah sich die beiden Bilder noch einmal an. Von Bröking gab ihm dazu sein Handy und Lewert hielt sie nebeneinander. Er stellte sich dabei etwas anders hin, sodass die mehr und mehr aufgehende Sonne nicht im Display spiegelte.

»Also, da braucht man schon viel Fantasie, um in diesen beiden Frauen dieselbe Person zu erkennen.«

»Nein, man muss nur genau hinsehen, würde ich sagen. Aber unglücklicherweise ist die Fähigkeit dazu nicht gerade gleichmäßig unter der Menschheit verteilt.«

»Ja, aber …«

»Herr Lewert, ich mache Ihnen einen Vorschlag: Sie und ich, wir schicken unser Bild jeweils an Ihre Kollegen von der Zweigstelle des Landeskriminalamtes in Oldenburg. Die Software zur Gesichtserkennung, die sie dort benutzen, ist nicht besonders gut, aber auch nicht so furchtbar anfällig wie das, was zum Beispiel im Londoner Flughafen verwendet wird. Wir können den Versuch also wagen. Die Kollegen schauen sich das an und Sie warten das Ergebnis in aller Ruhe ab.«

»Gut, das könnten wir tatsächlich tun.«

»Unseren Weg fortsetzen sollten wir trotzdem, denn gehen Sie mal davon aus, dass ich richtigliege.« Von Bröking sah auf seine Uhr. »Bis wir das Ostende der Insel erreicht haben, hat in Oldenburg wahrscheinlich ein von seiner morgendlichen Kaffeepause vollkommen überanstrengter Sachbearbeiter gerade seinen tatsächlichen Dienst angetreten und Ihre E-Mail gelesen.«

Sie setzten ihren Weg fort, nachdem sich der Kommissar die beiden Bilder noch einmal angesehen hatte. Lewert gab von Bröking das Handy zurück.

»Also mal angenommen, Sie haben recht, Herr von Bröking«, begann er dann.

»Ich habe recht«, gab von Bröking zurück.

»Aus Bianca Keller wurde Silvana Mendez.«

»So ist es. Ohne einen Identitätswechsel wäre Bianca Keller früher oder später der Polizei in die Arme gelaufen. Und das nicht nur in Kolumbien, sondern auch noch in zahlreichen anderen Ländern. Sie musste eine neue Identität annehmen, das war ihre einzige Chance. Und in Ländern wie Kolumbien ist das deutlich einfacher als beispielsweise in Deutschland. Tja, ich gebe es ungern zu, aber in diesem Fall hat die hiesige Überbürokratisierung dann vielleicht doch einen Vorteil. Zumindest aus der Sicht der Strafverfolger.«

»Aber Silvana Mendez ist eine öffentliche Figur!«

»Ja, und?«

»Ist das nicht sehr risikovoll, die Identität einer Person anzunehmen, die in der Öffentlichkeit steht?«

»Also die Identität von Silvana Mendez steht für mich überhaupt nicht infrage. Sie scheinen ja noch zu zweifeln. Für mich ist die Tatsache, dass Silvana Mendez sehr offensiv in der Öffentlichkeit auftrat, ein Zeichen dafür, dass Bianca Keller sich in ihrer neuen Identität absolut sicher glaubte. Es muss alles wasserdicht gewesen sein.«

»Also zumindest ein echter Pass!«

»Gehen Sie davon aus, Herr Lewert. Überprüfen Sie Silvana Mendez im Hinblick darauf, ob es vor dem Zeitpunkt des mutmaßlichen Identitätswechsels überhaupt Nachweise darüber gibt, ob Silvana Mendez da schon existiert hat. Ich gehe jede Wette ein, dass das nicht der Fall ist. Der Identitätswechsel hat meiner Ansicht nach spätestens vor fünf Jahren stattgefunden. Sie werden über Silvana Mendez nichts finden, was vor diesem Zeitpunkt liegt. Kein Post in sozialen Medien, kein Interview, kein Foto, keine Schule, auf die sie tatsächlich gegangen ist und auf der Mitschüler sich an sie erinnern, kein Arbeitgeber, bei dem sie beschäftigt war, kein Model-Vertrag.«

»Und natürlich auch kein Engagement bei Animals in Danger«, stellte Lewert fest.

»Diese Organisation gibt es erst seit fünf Jahren«, gab von Bröking zurück. »Es war eine Kleinigkeit, das zu recherchieren, das habe ich so nebenbei für Sie erledigt, damit Sie von da an dann weitermachen können. Finden Sie nicht auch, dass das ein merkwürdiger Zufall ist?«

»Ja, das stimmt.«

»Und um auf die Frage wegen des Risikos zurückzukommen: Wenn man nicht gefunden werden will, dann gibt es immer zwei Möglichkeiten.«

»Ich bin gespannt.«

»Erstens man versteckt sich und hält sich an einem verborgenen Ort auf. In der heutigen Zeit kaum möglich, denn da kommen so Typen wie ich und schlagen sich die Nächte damit um die Ohren, Fotos von Überwachungskameras von irgendeinem hinterwäldlerischen Kleinflughafen durchzusehen, und der Flüchtige taucht früher aus der Versenkung auf, als ihm lieb ist. Außerdem schränkt man damit die Zahl der möglichen Aufenthaltsorte, Jobs, Verhaltensweisen etc. erheblich ein. Auch das hilft den Verfolgern. Die grasen einfach die üblichen verdächtigen Untertauch-Szenarien ab, und wenn sie die nötige Geduld aufbringen, dann finden sie denjenigen früher oder später auch. An der Geduld und der Hartnäckigkeit des Aufklärungswillens fehlt es manchmal, und die Verfolger geben irgendwann auf. Aber damit kann Bianca Keller alias Silvana Mendez nicht rechnen.«

»Warum nicht?«

»Lassen Sie sich die Unterlagen aus Kolumbien kommen. Die steckte so groß drin im Drogenhandel, dass sie nicht darauf hoffen konnte, dass man sie irgendwann einfach vergisst.«

»Und die zweite Möglichkeit?«

»Die zweite Option für jemanden wie Bianca Keller ist, genau das Gegenteil von Option eins zu tun. Man präsentiert sich so auffällig in der Öffentlichkeit, dass man kaum übersehen werden kann. Aber es wird dabei niemand auf die Dinge achten, die wichtig wären. Und vor allem werden die Verfolger so jemanden viel weniger beachten als eine Person, die sich zu verstecken versucht. Und es wird auch niemand auf die Idee kommen, dass man vorher jemand ganz anderes gewesen ist. Je aufdringlicher und penetranter man auftritt, desto geringer ist die Wahrscheinlichkeit, dass dahinter eine Person steckt, die eigentlich untertauchen wollte.«

»Ich verstehe.«

»Hauptsache, der Groschen fällt überhaupt, wenn auch mit zeitlichem Verzug. Nur darauf kommt es letztlich an, Herr Lewert. Nur darauf.«

»Gut, gehen wir mal von Ihrer Theorie aus. Was wollte Bianca Keller alias Silvana Mendez dann überhaupt hier auf Norderney?«

»Dazu habe ich eine feste Meinung, Herr Lewert.«

»Lassen Sie mich die wissen?«

»Diese Frau hatte vor allem folgende Fähigkeiten: Sie konnte perfekt auftreten, sah gut aus und sie verstand eine Menge davon, wie man den Drogenhandel effektiv organisieren kann.«

»Sie sprechen von ihr in der Vergangenheit.«

»Weil wir doch beide annehmen, dass sie tot ist.«

»Das stimmt.«

»Sehen Sie!«

»Und welche Folgerungen ziehen Sie aus Ihren Überlegungen im Hinblick auf meine Frage, Herr von Bröking?«

»Ich denke, sie hat nach ihrem Identitätswechsel einfach mit dem weitergemacht, was sie am besten konnte.«

»Sie meinen gut aussehen.«

»Ich meinte den Drogenhandel. Damit kann man nämlich sehr viel mehr Geld verdienen. Ihr medienaffines Auftreten war nur Mittel zum Zweck. Ich vermute, dass dieser Frau Tiere in Wahrheit völlig egal sind. Es würde mich nicht wundern, wenn diese Animals-in-Danger-Organisation in Wahrheit nur eine Tarnung für das ist, was sie eigentlich in erster Linie getrieben hat: florierenden, gut organisierten Drogenhandel.«

»Meine Frage war, weshalb sie nach Norderney kam.«

»Sehen Sie, das ist nämlich der Punkt. Ich meine, Sie können ja mal checken, ob irgendein PR-Termin bei einer Seehundstation oder dergleichen bei ihr auf dem Programm stand. Aber ich glaube, in erster Linie war sie wegen des Geschäfts hier.«

»Sie meinen, Bianca Keller hat den Drogenhandel für Norderney organisiert?«

»Nicht für Norderney. Das wäre was für einen mittleren Kleindealer. Nein, nein! Über Norderney. So jemand wie Frau Keller alias Mendez wird sich mit Kleingeschäften nicht begnügt haben. Da ging es um größere Lieferungen.«

»Bis jetzt ist das alles nur Theorie«, murmelte Lewert.

»So wie die Annahme, dass Frau Keller tatsächlich tot ist. Das wissen wir ja auch noch nicht sicher, auch wenn meines Erachtens die Logik, die zu diesem Schluss führt, geradezu zwingend ist.«

*

Während Lewert und von Bröking durch die Dünenlandschaft Norderneys wanderten, um zum Ostende der Insel zu gelangen, telefonierten beide zwischendurch. Wieland von Bröking sprach mit seiner Assistentin Jarmila Mustafi.

»Ja, keine Sorge, Jarmila. Ich verstehe mich ausgezeichnet mit dem Kommissar … Nein, er ist langsam und begriffsstutzig, zumal er seine tägliche Dosis der im Ostfriesentee enthaltenen Drogen noch nicht bekommen hat, aber ich bin ja geduldig. Sie könnten die Zeit meiner Abwesenheit nutzen, um ein paar Anrufe für mich zu tätigen. Wie bitte? Ach, Sie haben den Zettel bemerkt, den ich Ihnen hingelegt habe. Das ist mehr, als ich zu hoffen wagte … Wann ich zurück bin? Das hängt etwas von den weiteren Entwicklungen hier in den Dünen ab. Ich werde Sie auf jeden Fall telefonisch vorwarnen, bevor ich nach Hause komme …«

Kommissar Lewert telefonierte ebenfalls. Zunächst mit Frau Haddinga und dann mit Tjark Drönkemeier.

»So eine Inselwanderung soll ja sehr gesund sein«, meinte Drönkemeier etwas spöttisch. »Aber was tut man nicht alles, wenn es der Dienst erfordert, nicht wahr, Manno?«

»Ich glaube, der Dienst erfordert dies in der Tat«, beharrte Lewert in aller Ruhe.

»War ja auch nur ein Spaß«, sagte Drönkemeier.

»Wenn man das dazusagen muss, stimmt was nicht.«

»Womit?«

»Mit dem Spaß.«

»Ach Manno! Das war nicht so gemeint.«

»Vielleicht hast du ja am Ende recht, Tjark.«

»Womit?«

»Du denkst doch, dass ich mich total vergaloppiert habe. Und ehrlich gesagt, mir wäre nichts lieber, als wenn es tatsächlich so wäre, Tjark. Das hätte nämlich ein Gutes: Es gäbe keine Tote.« In knappen Worten fasste Kommissar Lewert seinem Kollegen dann zusammen, was er durch von Bröking über Silvana Mendez herausgefunden hatte.

Als Lewert geendet hatte, sagte Drönkemeier erst einmal gar nichts.

»Das klingt jetzt aber schon ein bisschen …«

»Sag jetzt nicht an den Haaren herbeigezogen! Ich habe nämlich keine mehr. Jedenfalls nicht auf dem Kopf, nur im Gesicht«, meinte Lewert. »Ich möchte das einfach gerne abchecken. Ich nehme an, du hast nicht so viel Lust, telefonisch Leichenspürhunde und entsprechendes Personal anzufordern.«

»Ist das dein Ernst, Manno?«

»Das ist mein Ernst.«

»Nun …«

»Keine Sorge, du brauchst das nicht machen. Das mache ich vom Handy aus. Und du wirst damit nicht in Verbindung gebracht, falls sich die ganze Aktion als totales Desaster herausstellt. Dass diese Möglichkeit besteht, darauf hast du mich ja nachdrücklich hingewiesen.«

»So solltest du das nicht verstehen, Manno.«

»Ich habe das schon richtig verstanden, Tjark.«

»Manno, ich kann das wohl machen. Ich hatte als robbenrettender Inselpolizist ja nun wirklich schon genug positive Schlagzeilen. Dann kommt eben mal eine negative. Etwa so: Inselpolizist blamiert sich total, weil er überflüssigen Großeinsatz anfordert. Originalzitat: Ich kenne mich eben besser mit Robben als mit Leichen aus. Für die ist normalerweise der Kommissar vom Festland zuständig.«

»Schön, dass du das mit Humor sehen kannst, Tjark.«

»Humor ist ja manchmal, wenn man trotzdem lacht. Ob ich das dann wirklich noch lustig finde, wenn es tatsächlich so in der Zeitung stehen sollte, da will ich mich jetzt nicht unbedingt festlegen.«

»Das wird niemals geschehen, Tjark.«

»Naja …«

»Schon wegen deiner außerordentlich guten Sonderbeziehung zur hiesigen Presse, würde ich sagen.«

»Jetzt fang nicht damit an, Manno!«

»Aber im Ernst. Den Part mit dem Anfordern von Leichenspürhunden übernehme ich. Du könntest stattdessen etwas anderes für mich erledigen.«

»Was?«

Irgendwie hatte Manno Lewert das Gefühl, dass Tjark Drönkemeier erleichtert darüber war, dass dieser Kelch doch noch an ihm vorübergegangen war.

»Du könntest versuchen, etwas mehr über diese Organisation herauszufinden, für die Silvana Mendez so aktiv gewesen ist. Animals in Danger war der Name.«

»Ja, das kann ich gerne machen. Da wird es sicher jede Menge Infos im Netz geben.«

»Ich würde gerne wissen, wer dahintersteckt, und vor allem, wer diese Organisation finanziert.«

»Ich dachte, das sind Spendengelder.«

»Ja, das ist eine Möglichkeit.«

»Du denkst an Drogengelder?«

»Nach dem, was mir Herr von Bröking eröffnet hat, wäre das eine Möglichkeit.«

»Ich mach das. Aber ehrlich gesagt, Manno: Ich kann das immer noch nicht so ganz fassen. Unser kleines Norderney im Zentrum großer Drogendeals?«

»Die finden manchmal an Orten statt, an denen man sie nie vermuten würde, Tjark. Zumindest, wenn diejenigen, die sowas durchführen, etwas Grips im Kopf haben. Ich meld mich wieder!«

»Bis später, Manno.«

*

Der Kommissar beendete das Gespräch.

»Ich habe den letzten Teil Ihres Gesprächs zwangsweise mit anhören müssen«, meldete sich daraufhin von Bröking zu Wort. »Ehrlich gesagt, ich bewundere die Geduld, die Sie für Ihren begriffsstutzigen Kollegen aufbringen können.«

»Jeder hat seine Stärken, Herr von Bröking.«

»Das mag sein.«

»Und seine Schwächen.«

»Wenn Sie die Leichenspürhunde bestellt haben, dann sollten wir das letzte Stück bis zum Ostende der Insel dazu nutzen, dass Sie mir so viel wie möglich über Ihr Verhör von diesem Verrückten erzählen, dessen Spezialität bislang falsche Mordgeständnisse waren.«

»Das kann ich gerne tun. Sie können sich aber auch das Protokoll durchlesen.«

»Ich würde das lieber aus Ihrem Munde hören. Dann spare ich mir die überflüssigen Details, denn ich gehe davon aus, dass Sie zumindest einigermaßen dazu in der Lage sind, Sachverhalte konzentriert darzustellen.«

»Die einen sagen so, die anderen so.«

»Wie?« Von Bröking sah den Kommissar sichtlich irritiert an. »Wieso?«

»Kommt immer darauf an, wen man fragt. Wenn man Sie fragt, dann bin ich natürlich vollkommen unfokussiert und fahrig. Schließlich nehmen Sie sich selbst als Beispiel. Aber verglichen mit den meisten anderen Menschen schlage ich mich in dieser Hinsicht ganz wacker.«

»Sie wollen mich jetzt auf den Arm nehmen?«

»Ich dachte schon, das merken Sie gar nicht mehr, Herr von Bröking.«

Wieland von Bröking verdrehte leicht genervt die Augen. »Fangen Sie an, mir etwas über diesen Kortmann zu erzählen.«

*

»Hier ist es«, stellte Kommissar Lewert nach einem letzten Blick auf das Handydisplay fest. »Da, wo ich jetzt stehe, stand Tobias Kortmann, als er Silvana Mendez, oder wie immer sie wirklich heißen mag, fotografierte. Gehen Sie den Weg ungefähr zwanzig Schritte weiter, dann stehen Sie an der Stelle, wo sich Silvana Mendez zu diesem Zeitpunkt befand.«

»Das wird ja ein richtiger Lokaltermin«, meinte Wieland von Bröking.

»Er stand hier und hat sie fotografiert. Im Hintergrund kann man das Wrack aus den Sechzigern sehen …«

»Den Muschelsucher, der ein gestrandetes Schiff ausschlachten wollte und dann selber stecken geblieben ist«, ergänzte von Bröking. »Diese Geschichte ist ja bekannt. Und wir hatten ja auch schon mal einen Mordfall hier am Ostende der Insel, an dessen Lösung ich – in aller Bescheidenheit bemerkt – den entscheidenden Anteil hatte.«

»Ich hoffe, das wiederholt sich, Herr von Bröking. Für gute Ideen bin ich immer offen. Und im Gegensatz zu einigen anderen Zeitgenossen ist mir jede Form von Eitelkeit völlig fremd.«

»Da scheinen wir in diesem Punkt ja überraschenderweise einen Wesenszug zu teilen, Herr Lewert.«

»Finden Sie?« Lewert atmete tief durch. »Ich denke, wir konzentrieren uns jetzt auf den Fall.«

»Sie erwähnten, dass Tobias Kortmann davon sprach, Silvana Mendez habe sich mit ihren Verbrecherfreunden getroffen.«

»Ja, das war etwas wirr, was ich da zu hören bekam. Dieses ganze Gerede von einer aus dem Verborgenen heraus operierenden allmächtigen Verbrecherorganisation …«

»Entspricht das nicht ungefähr dem, was man über Drogenkartelle weiß, Herr Lewert?«

»Kortmanns Vorstellungen basierten aber nicht auf irgendwelchen realen Erkenntnissen, sondern auf einer wahnhaft verzerrten Wahrnehmung.«

»Aber es könnte ja trotzdem sein, dass Kortmann etwas beobachtet hat, was in seine wahnhaften Vorstellungen passte – und trotzdem damit recht hat.«

»Das ist bei ihm leider schwer auseinanderzuhalten«, stellte der Kommissar fest. »Jemand wie Kortmann glaubt natürlich an das, was er sagt. Aber das heißt nicht, dass auch nur ein Wort davon wahr ist.«

»Wenn das Ihre tatsächliche Meinung wäre, Herr Lewert, dann wären Sie doch gar nicht nach Norderney gekommen.«

»Das stimmt«, gab Lewert zu.

»Spielen wir die Sache doch einfach mal durch. Sie gehen davon aus, dass Kortmann die Frau nicht umgebracht hat?«

»Ausschließen kann ich es auch nicht. Kortmann hat gesagt, dass Silvana Mendez sich mit Leuten getroffen hat, die dieser ominösen Verbrecherorganisation angehörten. Die seien von einem Schiff gekommen und gelandet.«

»Mit einem Beiboot? Ein Schiff kann hier nicht landen, dann geht es ihm so wie dem Wrack, das da seit Jahrzehnten vor sich hin rostet.«

»Ich habe Kortmann nicht nach diesen Einzelheiten gefragt.«

»Weil Sie annehmen, dass er Ihnen ohnehin nur Blödsinn erzählt, nicht wahr?«

»Ich gebe zu, das könnte ein Fehler gewesen sein«, seufzte Lewert. »Aber jetzt, da Sie mir von Bianca Keller erzählt haben, könnte diese Geschichte sogar Sinn ergeben. Er gab an, das Treffen mit den sogenannten Verbrechern beobachtet zu haben. Die Verbrecher sind zurück auf ihr Schiff gegangen und danach hätte er die Frau erwürgt. Wie genau er das gemacht hat, da fehlte ihm dann die präzise Erinnerung. Im Übrigen war Herr Kortmann der Meinung, damit etwas Gutes getan zu haben.«

»Na, da hatten Sie beide ja ein überaus interessantes Gespräch – so von einem Kämpfer gegen das Verbrechen zum anderen.«

»Leider kann man in den Kopf dieses Menschen nicht hineinsehen«, sagte Lewert. »Da mischt sich die Realität mit Versatzstücken aus seiner eingebildeten Welt seiner Wahnvorstellungen.«

»Mal angenommen, Herr Kortmann hat wirklich beobachtet, wie da irgendetwas ablief. Ein Deal oder dergleichen. Glauben Sie, dass ihn das bewogen haben könnte, die Frau umzubringen?«

»Nein.«

»Wie kommen Sie zu dieser Überzeugung?«

»Ein Mord würde zwar in sein Weltbild hineinpassen und dadurch motiviert sein können …«

»Na eben!«

»Aber Tatsache ist, dass Herr Kortmann noch nie jemanden umgebracht hat.«

»Irgendwann fängt jeder mal an, der ein Mörder werden will!«

»Einen Menschen zu töten ist gar nicht so einfach«, erklärte Lewert. »Physisch nicht und auch von den inneren Widerständen her, die man überwinden muss. Und man sollte wissen, wie man so etwas macht!«

»Ich bitte Sie: Eine schwache Frau, ein kräftiger Mann, dessen Kraft noch durch den wahnhaften Gedanken gesteigert wird, das Richtige zu tun …« Von Bröking schüttelte den Kopf. »Einmal richtig den Hals gepackt und zugedrückt, dann ist es vorbei. Ich glaube, Sie sollten diese Möglichkeit nicht vollkommen ausschließen, Herr Lewert.«

»Ich schließe grundsätzlich gar nichts aus, Herr von Bröking.«

»Na, dann bin ich ja beruhigt.«

»Angenommen, Herr Kortmann hat den Mord nur gesehen, aber nicht selbst begangen.«

»Aber er hat ihn doch gestanden!«

»Das hat er auch bei Morden, die gar nicht stattgefunden hatten.«

»Das würde bedeuten, dass noch jemand hier war und die Frau umgebracht hat«, schloss von Bröking. »Und dafür kämen dann nur die ominösen Komplizen oder Dealpartner infrage, mit denen sich Herr Kortmann hier getroffen haben soll. Ich betone haben soll, denn außer der etwas wirren und nebulösen Erzählung, die Ihnen Kortmann aufgetischt hat, haben wir dafür ja bisher keinen Beleg.«

»Das ist richtig«, gab Lewert zu.

»Und warum sollten diese Drogendealer ihre Chef-Organisatorin umbringen?«

»Dafür gäbe es viele Gründe«, sagte Lewert. »Solche Morde kommen immer wieder vor.«

Von Bröking verzog das Gesicht und schien darüber etwas nachzudenken. »Angenommen, die Enttarnung der Bianca Keller alias Silvana Mendez hätte kurz bevorgestanden«, sagte von Bröking dann. »Und nehmen wir an, das Drogenkartell hat beschlossen, dass diese Frau zu einem Risiko werden könnte, wenn sie in die Hände der Justiz fallen sollte.«

»Dann wäre das ein Grund für einen Mordbefehl von höchster Stelle«, schloss Kommissar Lewert.

»Sie werden in diesem Fall die Schuldigen vermutlich nie zu fassen kriegen«, stellte von Bröking fest. »So etwas erledigt jemand, der ein Profi ist. Einmal kurz die Schalldämpfer-Pistole abgedrückt und der Job ist für den Lohnkiller erledigt. Der setzt sich in ein Flugzeug und wird nie wieder gesehen.«

»Finden Sie, dass wir aufgeben sollten?«, fragte Lewert zurück. »Ich hatte Sie eigentlich als etwas hartnäckiger eingestuft, muss ich gestehen.«

»Aufgeben? Kein Gedanke. Nur weil wir in einer eher theoretischen Erörterung darüber gesprochen haben, dass die Möglichkeit besteht, diese junge Frau könnte ein Opfer ihrer eigenen kriminellen Komplizen geworden sein und dass es dann sehr schwer werden könnte, dafür überhaupt jemanden zur Rechenschaft zu ziehen?« Von Bröking schüttelte den Kopf. »Das wäre kein Grund, um aufzugeben.«

»Da bin ich ja beruhigt.«

»Damit, dass all unsere Bemühungen letztlich vergeblich sind, müssen wir uns ohnehin auseinandersetzen. Das gehört zu den grundlegenden Tatsachen des Lebens, Herr Lewert.«

»Es ist schön, eine so weise Erkenntnis von jemandem zu hören, der eine ganze Generation jünger ist«, gab Lewert zurück.

»Wie kommen Sie eigentlich darauf, dass von dem ganzen wirren Zeug, das dieser Tobias Kortmann Ihnen gegenüber ausgesagt hat, ausgerechnet der Teil über das Treffen zwischen Silvana Mendez und ihren Verbrecherfreunden der Wahrheit entspricht?«

»Weil es der Teil ist, der selbst für einen Verrückten ungewöhnlich verrückt ist«, sagte Lewert.

»Das heißt aber nicht, dass dieser Teil deshalb wahr sein muss.«

»Nein, aber er sticht einfach aus allem, was Kortmann gesagt hat, heraus.«

»Hm«, murmelte von Bröking und sah sich etwas um.

»Ich möchte mich mal bei dem Schiffswrack umsehen«, sagte Lewert dann.

»Warum?«

»Weil diese Leute, mit denen sich Silvana Mendez getroffen hat, dort ja irgendwo an Land gegangen sein müssen.«

»Aber Sie denken nicht, dass da jetzt noch Spuren sind, nachdem Ebbe und Flut bis jetzt mehrmals alles überspült haben.«

»Nein, das glaube ich nicht.«

»Ich begleite Sie natürlich. Und sprechen Sie ruhig weiter.«

»Worüber?«

»Über Kortmann. Über das, was Ihnen zu dem Fall so durch den Kopf geht. Wissen Sie, meine Assistentin Jarmila ist ja gelinde gesagt etwas einfältig. Sie nimmt mir ein paar Dinge ab, zu denen ich wenig Lust habe, aber unerwartete Geistesblitze und intellektuelle Höhenflüge braucht man von ihr nicht zu erwarten. Und wenn man ihr mehr als zwei Dinge sagt, die sie erledigen soll, muss sie sich das aufschreiben, weil sie sonst etwas vergisst.«

»Sie haben ja richtig eine soziale Ader, das wusste ich gar nicht, Herr von Bröking.«

Er sah Lewert überrascht an. »Wie bitte?«

»Ja, ich finde es sehr nobel, dass Sie auch geistig Minderbemittelten eine Chance geben. Die haben es auf dem Arbeitsmarkt ja nicht so leicht.«

»Jetzt machen Sie sich über mich lustig!«

»Aber Herr von Bröking, das würde ich mir nie erlauben!«

»Da bin ich mir nicht so sicher!«

»Sie sind einer der wenigen Menschen, mit denen ich über diesen Fall sprechen kann, der vielleicht gar kein Fall ist. Das würde ich doch nicht aufs Spiel setzen, indem ich Sie sauer mache!«

»Naja, hier draußen, am äußersten Rand der Norderneyer Dünenwüste, wo Möwe und Robbe sich gute Nacht sagen, ist die Chance, dass ich Ihnen einfach weglaufe, ja auch nicht so besonders groß. Und selbst wenn: Wir hätten ja denselben Weg!«

»Sie haben einen untrüglichen Sinn für das Praktische, Herr von Bröking.«

»Machen Sie das nicht.«

»Was?«

»Mich dazu zwingen, darüber nachzudenken, ob eine Bemerkung von Ihnen vielleicht ironisch gemeint ist.«

»Wieso nicht? Wem hat Nachdenken je geschadet, Herr von Bröking?«

»In diesem Fall stört es meine Fokussierung auf diesen Fall.«

»Der ja vielleicht gar kein Fall ist.«

»Das wird sich herausstellen.«

Kapitel 7

Sie erreichten das Wrack. Schon ganze Generationen von Touristen hatten sich vor dem nur noch halb aus dem Sand ragenden Wrack fotografieren lassen. Es war eines der ganz speziellen Highlights auf Norderney.

Lewert ließ den Blick schweifen. So sonnig und klar, wie es heute war, hatte man eine fantastische Aussicht bis Baltrum. Das war natürlich nicht immer so. Manchmal hing Dunst vor der Küste.

Ein einsamer Ort ist das, dachte Lewert. Es sei denn, es war gerade eine Touristengruppe da. Aber die brauchten vom Parkplatz Ostheller aus ungefähr vier Stunden zu Fuß. Und wenn man auf anderem Wege dorthin kam, musste man noch besser zu Fuß sein.

»Was geht Ihnen durch den Kopf, Herr Lewert?«, drang von Brökings Stimme ins Bewusstsein des Kommissars.

»Ich frage mich, wo ich eine Leiche lassen würde.«

»Na, das ist doch sonnenklar: Sie lassen sie vom hiesigen Bestatter zwischenlagern, so wie immer.«

»Das meinte ich nicht.«

»Nicht?« Von Bröking hob die Augenbrauen.

»Ich meinte, wenn ich ein Killer der Mafia wäre und hier eine junge Frau umgebracht hätte. Wo würde ich die lassen?«

»Auf jeden Fall würde ich nicht auf das Meer vertrauen«, meinte von Bröking. »Kann sein, dass Gezeiten die Leiche erstmal mitnehmen, aber man ist nie sicher davor, dass sie dann irgendwo anders auftaucht, wo es einem als Mörder ebenfalls unangenehm ist. Wenn hier allerdings jemand mit einem Boot gelandet ist, dann hätte der die Tote mit hinaus aufs Meer nehmen und dort versenken können. Das wäre wahrscheinlich eine Lösung gewesen.«

»Sind Sie schon mal Boot gefahren, Herr von Bröking?«

»Nein, das gehört nicht zu meinen bevorzugten Freizeitaktivitäten. Ist mir einfach zu wackelig.«

»Ich bin früher oft gesegelt. Eins sage ich Ihnen: Eine starre Leiche in ein Boot zu hieven ist nichts, was ich empfehlen würde. Und selbst das Ins-Wasser-Werfen könnte für den Täter noch problematisch sein.« Lewert schüttelte den Kopf. »Ich glaube, diese Möglichkeit können wir getrost vergessen.«

»Dann gibt es nur eine Möglichkeit: in den Dünen vergraben. Bleibt vielleicht auch nicht für alle Zeiten unentdeckt, aber der Täter hat einen Vorsprung. Und mehr braucht er eigentlich auch nicht.«

»Ich nehme an, der Täter wollte die Leiche nicht weit über den Boden schleifen.«

»Vielleicht waren es ja mehrere. Hat Ihr irrer Freund nicht von mehreren Personen gesprochen, mit denen sich Frau Keller alias Mendez getroffen haben soll?«

»Also erstens ist das nicht mein irrer Freund, sondern ein Zeuge, dessen Aussage wir gerade überprüfen, und zweitens …«

»Ja?«

In diesem Augenblick klingelte das Handy des Kommissars.

Lewert ging an den Apparat.

»Ja?«, sagte er und dann hörte er erst einmal nur zu. Mehr als ein gelegentliches »Hm« trug er zu dem Gespräch nicht bei.

Von Bröking musterte den Kommissar dabei mit einem ebenso angestrengten Gesicht.

»Gut«, sagte Lewert schließlich und beendete das Gespräch.

»Es gibt erfreuliche Neuigkeiten, wie ich hoffe?«, fragte von Bröking.

»Sie können Ihre Neugierde kaum verbergen?«

»Darum versuche ich es auch gar nicht erst.«

»Interessiert Sie der Fall eigentlich deswegen so, weil Sie wollen, dass ein Mörder hinter Gitter kommt, oder steht in diesem Fall etwas anderes im Vordergrund?«

»Was sollte denn sonst noch im Vordergrund stehen?«

»Zum Beispiel, dass Sie es nicht so richtig verkraftet haben, dass Ihnen die Frau Keller zuerst gar nicht eingefallen ist, als ich Ihnen das Foto von Silvana Mendez gezeigt habe. Sowas knabbert am Nimbus Ihrer Unfehlbarkeit, könnte ich mir denken.«

»Ich schätze es nicht, wenn man versucht, mich zu analysieren.«

»Ich bitte um Entschuldigung. Es ist nur so, dass ich mich gefragt habe, was Ihr Interesse an diesem Fall eigentlich motiviert und Sie stundenlang in meiner Gesellschaft durch die Dünen laufen lässt – und das auch noch zu einer Zeit, in der die Dienste Ihrer Assistentin noch nicht zur Verfügung standen.«

Von Bröking seufzte deutlich hörbar. »Wollen Sie mir nicht langsam mal verraten, was man Ihnen gerade am Telefon gesagt hat? Oder unterliegt das der Geheimhaltung?«

»Es kommt ein Team mit Leichenspürhunden vom Festland«, erklärte Lewert. »Die sind in einer Stunde hier mit dem Hubschrauber. Wir können auf die Kollegen also warten.«

»Oh«, entfuhr es von Bröking daraufhin. »Sie müssen sehr überzeugend auf die Entscheidungsträger gewirkt haben, wenn die Ihrem Anliegen so schnell stattgegeben haben. Normalerweise bewegt sich der Beamtenapparat eher wie eine Schildkröte oder wie ein Faultier.«

»Wenn das schiefgehen sollte und wir nichts finden, wird das bei der nächsten Anfrage meinerseits wohl nicht mehr so leicht durchgehen.«

»Beeindruckend.«

»Was?«

»Dass Sie offenbar Ihren ganzen professionellen Ruf als Ermittler in die Waagschale werfen, um diesen Fall zu lösen.«

»Wollen Sie hier mit mir auf die Kollegen warten?«

»Ja, selbstverständlich. Jetzt will ich auch wissen, ob was dahintersteckt oder …«

»Ob wir uns beide verrannt haben?«

Wieland von Bröking neigte den Kopf etwas zur Seite und verschränkte die Arme vor der Brust.

»Erinnern Sie mich nicht an meinen schlimmsten Alptraum.«

»Fehler zu machen ist außerhalb Ihrer Vorstellungskraft, nicht wahr?«

»Nun, ich gebe zu: Die Vorstellung, möglicherweise einer Chimäre nachgerannt zu sein, gefällt mir nicht.«

»So etwas kann man nie ganz ausschließen«, sagte Kommissar Lewert. »Man sollte sich dieser Tatsache immer bewusst sein und nie vergessen, dass man genauso fehlbar ist wie jeder Zeuge.«

»Wie auch immer. Ich arbeite lieber so, dass Fehler gar nicht erst vorkommen und am besten von vornherein ausgeschlossen werden.«

»Diese Einstellung verwundert mich, Herr von Bröking.«

»Wirklich? Warum?«

»Weil es nicht besonders realistisch ist. Und ein Ermittler sollte immer realistisch bleiben. Zumindest so weit wie möglich. Und das gilt für Kriminalkommissare genauso wie für private Ermittler. Oder sollte ich mich da etwa irren?«

Von Bröking zuckte mit den Schultern. »Ich würde sagen, das ist eher eine philosophische Frage. Und ganz ehrlich, Herr Lewert: Für so etwas habe ich eigentlich kaum Zeit, so leid es mir tut.«

»Wie schade.«

In der Ferne war ein Schiff zu sehen. Wieland von Bröking formte mit der Hand einen Sonnenschirm für seine Augen und blickte in Richtung des Schiffs, das sich von Baltrum aus Richtung Festland quälte.

»Das ist die Fähre«, stellte er fest. Dann blickte er auf die Uhr. »Sie hat etwas Verspätung, würde ich sagen.«

»Sie haben den Fährplan von Baltrum im Kopf?«, wunderte sich Lewert.

»Ich habe den Fehler begangen, ihn mir irgendwann mal zu merken, und Sie wissen ja, dass ich gewisse Schwierigkeiten damit habe, etwas zu vergessen.«

»Ich dachte, Sie haben daraus die Grundlage Ihrer wirtschaftlichen Existenz gemacht.«

»Ja, so ist das eben. Jeder muss seine Schwächen, so gut er kann, mit seinen Stärken ausgleichen. Tun Sie das nicht auch, Herr Lewert?«

»Vermutlich.«

»Ganz bestimmt sogar! So verbergen Sie Ihre Schlafmützigkeit damit, indem Sie sie wie Ruhe und Gelassenheit erscheinen lassen und den Anschein erwecken, Sie hätten die Situation unter Kontrolle. Solange niemand weiß, wie ratlos Sie in Wahrheit sind, funktioniert das bestimmt auch und die meisten Menschen lassen sich auch sicher gerne täuschen.«

»Nur Sie durchschauen das natürlich.«

»Es tut mir leid, ich kann nun mal nicht anders.«

»Dass Ruhe und Gelassenheit möglicherweise gar nichts anderes ist als genau das, kommt Ihnen gar nicht in den Sinn, oder?«

»Möglich, dass Sie eine Ausnahme sind, Herr Lewert.«

»Ah, ja?«

»Aber im Allgemeinen widerspricht das einfach meinen Beobachtungen.«

»Und die sind natürlich unfehlbar.«

»Machen Sie sich jetzt über mich lustig?«

»Nur ein bisschen.«

»Da wir im Augenblick dazu verurteilt sind zu warten, bis Ihre Leute kommen, können wir die Zeit eigentlich auch nutzen, Herr Lewert.«

Lewert hob die Augenbrauen. »Was schwebt Ihnen da vor?«

»Sie könnten mir zum Beispiel nochmal das Foto zeigen, das Tobias Kortmann von Silvana Mendez kurz vor deren mutmaßlichem Ableben gemacht hat.«

»Ich kann es Ihnen auf Ihr Handy schicken, wenn Sie wollen, Herr von Bröking.«

»Das könnten Sie. Aber widerspricht das nicht der Datenschutzverordnung?«

»Das tut es vermutlich. Aber es ist praktisch.«

»Gut, dann schicken Sie es mir.«

»Denken Sie, dass Sie darauf noch etwas entdecken können?«

»Das weiß man nie, Herr Lewert. Das weiß man nie …«

Ein paar Augenblicke später hatte von Bröking das Foto auf seinem Handy. Dessen Display war auch erheblich größer, als es bei Lewerts Gerät der Fall war. Ein Modell mit Übergröße – aber wahrscheinlich ideal, um Bilder anzuschauen. Und Lewert vermutete, dass jemand wie von Bröking es auch genau dazu bevorzugt nutzte.

Der Super-Recogniser und Privatermittler blickte sehr konzentriert auf das Display, und Lewert dachte sich, dass es wahrscheinlich das Beste war, ihn jetzt nicht anzusprechen.

»Wusste ich es doch«, stieß von Bröking schließlich hervor.

»Lassen Sie mich an Ihren Erkenntnissen teilhaben, Herr von Bröking, oder ist Ihr Denkprozess noch nicht abgeschlossen?«, hakte Lewert nach.

Von Bröking hielt Lewert sein Gerät hin. »Was sehen Sie da?«

»Ich sehe die Frau, die in der Öffentlichkeit als Silvana Mendez aufgetreten ist. Und ein Stück vom Schiffswrack.«

»Das Dunkle daneben meine ich.«

»Ich dachte, das gehört dazu. Irgend so ein Fetzen, den ein Tourist an das Wrack gehängt hat.«

»Nein, das gehört nicht dazu«, widersprach von Bröking. »Ich würde vorschlagen, Sie setzen Ihre Lesebrille auf, damit Sie das besser erkennen.«

»Hm … Ich dachte ursprünglich, das wäre einfach ein Fleck.«

»Das muss ein Schiff sein, das sich gerade zwischen Baltrum und Norderney Richtung Nordsee befindet. Es ist etwas diesig auf dem Bild. Die Sicht ist nicht so gut wie heute.«

»Stimmt.«

»Aber es kann nur ein Schiff sein. Ein Kutter vielleicht oder etwas in der Größe. Wenn es nur ein Boot wäre, würde man es auf die Entfernung nicht mehr sehen. Abgesehen davon, würde man mit einem Boot auch kaum so weit rausfahren. Selbst bei gutem Wetter nicht.«

»Ein Schiff, sagen Sie …«

»Ja, Ihr verrückter Herr Kortmann hat doch von einem Schiff gesprochen.«

»Und von einem Beiboot und von Leuten, die an Land kamen und sich mit Silvana Mendez getroffen haben, diesen Komplizen einer ominösen Verbrecherorganisation …«

»… die vielleicht sehr viel weniger ominös ist, als erst den Anschein hatte, Herr Lewert. Und dass dieser Kortmann einen Dachschaden hat, muss ja nicht heißen, dass alles falsch ist, was er gesagt hat.«

Lewert seufzte. »Genau das ist bei solchen Zeugen ja immer die größte Schwierigkeit: zu unterscheiden, was Wahn und was Wirklichkeit ist.«

»Also das Schiff ist jedenfalls Wirklichkeit«, stellte von Bröking fest.

»Und das Beiboot mit den Komplizen?«

»War vielleicht noch nicht zu Wasser gelassen oder außerhalb des Ausschnitts.«

»Bringt uns das jetzt wirklich ein Stück weiter, Herr von Bröking?«

Von Bröking zuckte mit den Schultern und steckte sein Handy wieder ein. »Noch nicht«, gab er zu. »Aber wenn man nach der Wahrheit sucht, dann darf man nicht immer nur auf den schnellen Erfolg schauen. Oder sehen Sie das am Ende anders, Herr Lewert?«

»Nein, da stimme ich Ihnen zu.«

»Das dachte ich mir.«

»Bis jetzt haben wir allerdings noch nicht einmal eine Leiche, Herr von Bröking.«

»Schön, dass ausgerechnet Sie mich daran erinnern, Herr Lewert. Was ist los? Glauben Sie jetzt Ihrer eigenen Theorie nicht mehr? Ausgerechnet jetzt, da Sie mich fast überzeugt haben?«

»Nein, ich sage einfach nur, wie es ist, Herr von Bröking.«

»Von einem richtigen Gedanken sollte man sich niemals und auch nicht durch noch so logisch klingende Einwände abbringen lassen.«

»Nun, was empfehlen Sie dann?«

»Ich empfehle, ihn bis zum Schluss zu verfolgen, den Gedanken. Alles andere ergibt sich dann meistens irgendwann von selbst.«

Kommissar Lewert seufzte. »Dann will ich mal hoffen, dass das diesmal auch so ist, Herr von Bröking!«

Kapitel 8

Ein Helikopter näherte sich vom Festland her. Ein kleines, fliegendes Objekt im fast völlig blauen Sommerhimmel über der ostfriesischen Küste, das sich schnell vergrößerte und von einem charakteristischen, anschwellenden Geräusch begleitet wurde.

Der Helikopter sank tiefer und der Pilot landete schließlich in unmittelbarer Nähe des alten Schiffswracks.

Der Strand war dort hart genug. Die Drehung der Rotoren verlangsamte sich, aber sie machten immer noch eine Menge Wind, der so heftig war, dass selbst der Seewind davon überlagert wurde.

Drei Männer in Uniform stiegen aus dem Helikopter. Polizisten vom Festland. Zwei von ihnen führten Hunde.

»Großeinsatz für eine Leiche«, lautete von Brökings leicht spöttischer Kommentar. »So etwas glaubt man erst, wenn man es sieht.«

»Jedenfalls kommt jetzt der Moment der Wahrheit«, meinte Kommissar Lewert.

Die beiden Männer gingen auf die Polizeibeamten mit den Hunden zu.

»Moin!«, sagte Lewert. Er holte seinen Ausweis hervor. »Kommissar Lewert von der Kripo Norden.«

»Polizeimeister Frank Bartels«, stellte sich der Erste in der Gruppe vor. »Sie kennt man ja, Herr Lewert.«

»Mich kennt man?«, wunderte sich Lewert.

»Der Kommissar ohne Haare und mit Bart, der immer auf Norderney Urlaub macht, wenn es da einen Mord gibt. Die Kollegen beneiden Sie.«

»Wollen Sie mich veralbern?«

»Dasselbe sagt man von uns Hundeführern doch auch: Tiere streicheln anstatt arbeiten. Ich weiß also, wie Sie leiden, Herr Lewert.« Und dabei kraulte er einem ungeduldig seiner Aufgabe harrenden Hund hinter den Ohren. »Ich habe gehört, Ihnen fehlt eine Leiche.«

»Es könnte eine tote Frau unter dem Dünensand vergraben sein.«

»Ich nehme an, das muss hier in der näheren Umgebung geschehen sein.«

»Davon gehen wir auch aus. Die Tote wurde ja vermutlich transportiert.«

»Gut, Herr Lewert, wir werden uns dann mal ans Werk machen.« Bartels wandte sich dann an von Bröking. »Wer sind Sie denn eigentlich? Auch Kollege?«

»Wieland von Bröking, Privatermittler und Gutachter.«

»Tja, Adel verpflichtet heute auch zu nichts mehr. Die Königskinder müssen inzwischen auch arbeiten. Na, dann wollen wir mal!«

*

Es dauerte kaum eine Viertelstunde, bis die Hunde das erste Mal anschlugen. Die Tote war hinter dem ersten Dünenkamm im Sand vergraben. Und das von den Kollegen freigelegte Gesicht ließ auch keinen Zweifel daran, um wen es sich handelte.

»Silvana Mendez beziehungsweise Bianca Keller«, stellte Kommissar Lewert seufzend fest.

»Ihre Freude darüber, dass Sie von Anfang an recht hatten, scheint mir etwas verhalten zu sein, Herr Lewert«, stellte von Bröking fest.

»Recht behalten ist nicht alles im Leben, Herr von Bröking. Und über den Fund einer Leiche habe ich mich noch nie gefreut.«

»Immerhin wird jetzt niemand mehr behaupten können, dass Sie nur einen Vorwand gesucht haben, um auf Norderney Urlaub machen zu können.«

»Tobias Kortmann hat angegeben, dass er die Frau vergraben hätte«, kam Lewert nachdenklich auf den Fall zurück.

»Ein weiteres Detail in den Angaben dieses Irren, das sich als wahr erweist«, gab von Bröking zurück. »Als Nächstes sollten wir uns deswegen um das Schiff, die Boote und die Komplizen der ominösen Verbrecherorganisation kümmern, die er gesehen haben will. Das Schiff war meines Erachtens auf dem Foto erkennbar.«

»Naja … erahnbar!«

»Fragt sich, wo die gute Frau Mendez oder Keller umgebracht wurde. Wenn das bei dem Schiff war, dann ist es für einen Einzelnen ganz schön schwierig, eine Leiche so weit zu schleppen.«

»Ja – und die Frage ist, warum Herr Kortmann das überhaupt gemacht haben sollte.«

»Aber gehen wir davon aus, dass es sich um mehrere Täter handelt oder der Täter Komplizen hatte, ist das kein Problem. Die Tote starb beim Schiff, vielleicht irgendein Geschäftstreffen, das aus dem Ruder lief, oder die Drogenhändler hatten Angst, dass Silvana Mendez sie selbst in Gefahr bringen würde, wenn sie enttarnt würde. Dann packen die Kerle sie, legen sie hinter den ersten Dünenkamm, etwas Sand drauf und fertig. Zu dem Zeitpunkt war hier vermutlich kein Mensch, so wie meistens. Und wenn wir beide nicht so hartnäckig gewesen wären, wäre Frau Mendez vermutlich von irgendwelchen Inselratten verspeist worden, bis irgendjemand sie gefunden hätte.«

»Tobias Kortmann bestand darauf, dass er sie umgebracht und vergraben hätte und sie sich mit ihren Komplizen nur getroffen habe.«

»Herr Kortmann hat die Szene offenbar beobachtet. Vielleicht hat das stattgefunden, was man psychologisch eine Übertragung nennt. Er hat die Dinge, von denen er behauptet, sie selbst getan zu haben, nur beobachtet, und da das in sein verworrenes Weltbild hineinpasst und außerdem noch seiner Neigung entgegenkommt, Morde zu gestehen, die er gar nicht begangen hat, würde das ein stimmiges Bild ergeben, finden Sie nicht?«

Kommissar Lewert wandte sich nun an Bartels. »Können Sie mir einen Gefallen tun, Herr Bartels?«

»Wenn ich kann – immer. Unterstützung auf kleinem Dienstweg sozusagen.«

»Ich wäre Ihnen sehr dankbar, wenn Sie die Tote umgehend zur Gerichtsmedizin nach Oldenburg fliegen könnten. Sonst müssten wir den hiesigen Bestatter bemühen und außerdem dann noch warten, bis die Kollegen vom Landeskriminalamt in Oldenburg sich herbemühen, um die Tote abzuholen. Aber das würde uns wertvolle Zeit kosten – und wir wollen ja schließlich herausfinden, was hier wirklich geschehen ist.«

»Ich spreche mit dem Piloten. Das müsste aber gehen. Wir haben eigentlich genug Platz.«

»Gut.«

»Wir wollen ja schließlich der Aufklärung des Verbrechens nicht im Wege stehen.«

Jetzt meldete sich einer der anderen Polizisten zu Wort. »Sehen Sie mal hier!«, stieß er hervor. Er hatte zusammen mit einem Kollegen die Frau notdürftig von dem Sand befreit, mit dem sie bedeckt worden war. Der Torso war jetzt größtenteils zu sehen, Arme und Beine hingegen noch nicht.

Aber dadurch wurde etwas anderes offensichtlich.

Etwas, das sich ungefähr in Herzhöhe befand.

»Das könnte eine Schusswunde sein«, stellte Lewert sofort fest.

»Nun, in diesem Fall vertraue ich Ihrer Expertise«, meinte von Bröking. »Gesichter erkenne ich vielleicht besser als Sie, aber Schusswunden bekommen Sie vermutlich häufiger zu sehen als ich!«

»Können wir die Frau vorsichtig so ausgraben, dass wir sie umdrehen können?«, fragte Lewert an die uniformierten Kollegen gewandt.

Zustimmendes Gemurmel antwortete ihm.

Lewert fuhr fort: »Wenn das wirklich eine Schusswunde ist, gibt es vermutlich auch eine Austrittswunde. Und wenn diese Frau nicht erschossen wurde, während sie genau hier auf dem Boden lag, dann muss es auch ein Projektil geben.«

»Und eine Patronenhülse«, ergänzte Bartels.

»Ganz genau«, bestätigte Lewert.

»Hülse und Projektil könnten natürlich überall sein, wenn die Frau nicht hier gestorben ist«, sagte Bartels. »Unsere Hunde können sowas leider nicht riechen.«

*

Wenig später gelang es, die Tote umzudrehen. Auf dem Rücken war tatsächlich eine Austrittswunde zu sehen. Wie üblich war sie sogar größer als die Eintrittswunde.

»Nun, jedenfalls hat Ihr verrückter Zeuge namens Kortmann in einem Punkt die Unwahrheit gesagt«, stellte von Bröking fest. »Diese Frau wurde nicht erwürgt. Am Hals sind auch keinerlei Male feststellbar. Und von einer Pistole hat er doch meines Erachtens nichts erwähnt, oder?«

»Nein«, murmelte Lewert, der jetzt sehr nachdenklich wurde.

»Vermutlich hat es auch wenig Sinn, den Herrn Kortmann nochmal zu vernehmen, da seine Aussagen sich ohnehin nur bedingt an der Realität orientieren.«

»Das Entscheidende ist: Er hat keinen Schuss erwähnt«, sagte Lewert.

Von Bröking runzelte die Stirn. »Wieso erachten Sie das als das Entscheidende?«

Lewert atmete tief durch. »Sie haben im Prinzip schon recht, Herr von Bröking. Die Aussage dieses Herrn Kortmann ist eine Art Gemischtwarenladen aus Realität und Wahn, und es liegt leider ganz allein an uns, zu beurteilen, was in welche Rubrik gehört. Aber nach meinem Gefühl …«

»Ihrem Gefühl? Ist das jetzt Ihr Ernst, Herr Lewert? Spielen jetzt neuerdings Gefühle die entscheidende Rolle in Ihren Ermittlungen. Na, dann gute Nacht, Herr Kommissar!«

»Meinem Gefühl und meinem Instinkt als Kommissar ist zu verdanken, dass wir hier stehen und diese Leiche gefunden haben, die ja unzweifelhaft Opfer eines Verbrechens ist. Selbst dann, wenn wir davon ausgehen, dass die Tote selbst eine Verbrecherin war.«

»Ja, das ist unstrittig«, gab von Bröking zu.

»Und ich habe diesem Herrn Kortmann nun wirklich eine ganze Zeitlang gegenübergesessen und ihm zugehört. Da bekommt man schon ein Gefühl dafür …«

»Wieder ein Gefühl, Herr Lewert?«

»… wie so jemand eigentlich tickt. Und ich denke, wenn es einen hörbaren Schuss gegeben hätte, dann hätte er das erwähnt.«

»Ein bisschen viel Hypothese, finden Sie nicht?«

»Irgendwomit muss man ja anfangen«, verteidigte sich Lewert.

»Also gehen wir davon aus, es gab keinen Knall, aber es wurde jemand erschossen. Dann gibt es daraus nur eine logische Konsequenz: Es wurde ein Schalldämpfer benutzt.«

»Richtig«, stimmte Lewert zu. »Herr Kortmann hat vielleicht gar nicht bemerkt, dass Silvana Mendez erschossen wurde. Die Tote wurde hinter die Dünen getragen und mit Sand bedeckt.«

»Und Herr Kortmann hat sich dazu eine Geschichte ausgedacht?«

»Das wäre ja nicht das erste Mal.«

»Nun, wenn ich mich in den oder vielmehr vermutlich die Täter hineinversetze, dann erscheint mir das ziemlich logisch«, meinte von Bröking. »Wenn man hier eine regungslose Frau herumträgt, fällt das nicht mal auf, wenn Touristen in der Nähe gewesen sein sollten. Aus hundert Metern Entfernung kann niemand unterscheiden, was da genau los ist. Aber ein Schuss, das ist was anderes. Das hätte meilenweit alle diejenigen alarmiert, die sich insgeheim als Naturschützer sehen und dann zuerst darüber nachdenken, ob nicht irgendwo jemand Jagd auf geschützte Wildenten oder so etwas Ähnliches macht. Da würde ich als Mörder auch zusehen, keinen Krach zu machen.

Eine Drogenhändlerin zu erschießen, mag ja noch angehen – aber sich dem moralisch verwerflichen Verdacht ausgesetzt zu sehen, eventuell Wasservögel beim Brüten durch laute Knallgeräusche gestört zu haben, würde ich nicht riskieren.«

Lewert durchsuchte unterdessen die Kleidung der Toten. Er hatte dazu Latexhandschuhe angezogen. Nach kurzer Zeit fand der Kommissar Papiere. Einen deutschen Pass, der auf den Namen Silvana Mendez ausgestellt war. Außerdem noch einen kolumbianischen und einen argentinischen auf denselben Namen. Das Ticket der Fähre, mit der sie gekommen war, war auch vorhanden. Das Datum passte zur Datumsangabe des Fotos, das Tobias Kortmann mit dem gestohlenen Handy aufgenommen hatte. Und dann gab es da noch einen Wagenschlüssel und die Quittung einer Autoverleihfirma aus Emden.

»Können wir die Frau jetzt mitnehmen?«, fragte Bartels.

»Können Sie«, bestätigte Kommissar Lewert. »Ich habe alles, was ich brauche.«

»Bis auf das Projektil, mit dem die Frau erschossen wurde.«

»Ja.«

»Wäre aber Glückssache, wenn Sie das noch finden würden. Oder der Täter hat zweimal kurz hintereinander geschossen, und eine Kugel ist vielleicht irgendwo im Knochen stecken geblieben. Das kann man aber so nicht sehen.«

»Wir werden abwarten, was die Gerichtsmedizin sagt«, meinte Lewert lapidar.

*

Kommissar Lewert sah einige Augenblicke lang dem abhebenden Helikopter nach, der sich schließlich in Richtung Festland bewegte. Das Brummen seiner Rotoren war noch eine ganze Weile zu hören. Wie eine übergroße dicke Hummel, dachte Lewert. Er nahm sein Handy und telefonierte mit Tjark Drönkemeier.

In knappen Worten schilderte der Kommissar dem Inselpolizisten den Fund der Leiche.

»Bist du noch dran, Tjark?«, fragte Lewert dann, nachdem Drönkemeier mehrere Sekunden lang erst einmal gar nichts mehr gesagt hatte.

»Ich bin noch dran, Manno«, meldete er sich dann.

»Nur ein bisschen sprachlos.«

»So ist es. Ich meine, ich habe ja großes Vertrauen in deinen kriminalistischen Spürsinn, Manno …«

»Nur diesmal hast du gedacht, dass ich völlig auf dem Holzweg bin.«

»So direkt wollte ich das jetzt nicht ausgedrückt wissen.«

»Aber so könnte man es zusammenfassen.«

»Na, dann haben wir auf jeden Fall spätestens jetzt einen richtigen Mordfall. Denn mit einer Schusswunde in der Brust dürfte wohl eine natürliche Todesursache mehr oder weniger ausgeschlossen sein.«

»Was glaubst du, was alles schon so diagnostiziert wurde, Tjark. Da steckt das Messer noch im Rücken, aber der Arzt, der den Totenschein ausstellt, schaut gar nicht nach und schreibt Herzversagen auf den Schein. Aber in diesem Fall ist die Leiche ja gleich nach Oldenburg gebracht worden und da hoffentlich in guten Händen.«

»Ich habe hier auch ein paar Erkenntnisse«, verkündete Tjark dann.

»So?«

»Diese Organisation, für die Silvana Mendez unterwegs war und so viel Öffentlichkeitsarbeit gemacht hat …«

»Animals in Danger.«

»Genau! Diese Organisation scheint mehr oder weniger nur auf dem Papier zu existieren. Keine der angegebenen Personen war erreichbar. Es gibt nur eine Postadresse auf irgendeiner niederländischen Karibik-Insel und inzwischen hat Frau Drehmels herausgefunden, dass es sich bei einer angeblichen Ansprechpartnerin von Animals in Danger um eine Fake-Identität zu handeln scheint.«

»Frau Drehmels nimmt an unseren Ermittlungen teil?«, wunderte sich Lewert.

»Nee, das wäre jetzt zu viel gesagt.«

»Ja, und wie soll ich das dann verstehen?«

»Sie hat mir ein paar wertvolle Hinweise gegeben. Die Presse ist ja mitunter ganz gut informiert. Und die Frauke – also Frau Drehmels – hatte schon mal vergeblich versucht, eine Story über Animals in Danger zu machen. Und nachdem wir so vor Kurzem über diese Organisation sprachen, ist sie dann ihrem Verdacht nachgegangen.«

»Welchem Verdacht?«

»Dass da etwas nicht stimmt. Und dieses Gesicht der angeblichen Ansprechpartnerin auf der Homepage ist definitiv ein Stockfoto von einem Model.«

»Diesmal ein richtiges Model?«

»Ja. Die Identität der Frau konnten wir auch ermitteln.«

»Wir?«, echote Kommissar Lewert.

»Ich meinte …«

»Die Frau Drehmels und dich.«

»Das hört sich jetzt so an, als würde ich irgendwie keinen klaren Trennstrich zur Presse ziehen«, meinte Tjark Drönkemeier.

»Dem ist bei dir natürlich nicht so«, gab Lewert zurück.

»Nein.«

»Hauptsache, du ziehst einen klaren Trennstrich zwischen deinem Dienst und deinem Privatleben, Tjark. Das macht mir im Moment etwas mehr Sorgen.«

»Jetzt übertreib aber mal nicht. Nur wegen eines vertraulichen Hintergrundgesprächs mit einer Reporterin …«

»… und einer gelegentlichen Tasse Kaffee.«

»Jetzt hör auf, Manno!«

»Ich will aus einer Mücke keinen Elefanten machen, Tjark. Und dein Hinweis auf die Merkwürdigkeiten, was diese ominöse Organisation namens Animals in Danger betrifft, ist für mich sehr wertvoll. Vielleicht kannst du noch mehr herausfinden, was das betrifft.«

»Ich werde mir Mühe geben.«

»Gut.«

»Ich werde mich hier noch ein bisschen nach einer Pistolenkugel umsehen. Kann sein, dass ich nichts finde. Und ansonsten suchen wir im Moment die ominösen Komplizen der Frau Mendez, von denen Tobias Kortmann gesprochen hat.«

»Die Typen von dieser noch ominösen Verbrecherorganisation, die überall mitmischt und hinter dem ganzen Übel der Welt steht.«

»Ja, das hört sich abstrus an, ich weiß.«

»Das hört sich nicht nur so an, Manno. Da hat jemand zu oft ›Die 1000 Augen des Dr. Mabuse‹ gesehen, und in einer gewissen psychiatrischen Einrichtung scheint man nicht so genau darauf zu achten, was die Patienten so im Fernsehen anschauen.«

»Vielleicht handelt es sich ja um eine ganz normale Drogenbande, Tjark.«

»Davon gehst du jetzt aus?«

»Ja.«

»Dürfte schwierig werden, davon noch jemanden dingfest zu machen.«

»Ich möchte wissen, welche Schiffe zur Tatzeit oder zum Tatzeitfenster, das wir haben, zwischen Norderney und Baltrum in die offene Nordsee hineingefahren sind.«

»Oh«, stieß Tjark Drönkemeier hervor. »Das sieht nach einer Geduldsaufgabe aus.«

»So viele können das nicht sein, Tjark.«

»Nein. Aber anders als in Bahnhofshallen und Automatenhallen von Banken gibt es auf der offenen Nordsee bislang noch nicht so etwas wie eine lückenlose Video-Überwachung. Wie sollen wir das herausbekommen?«

»Kommt Zeit, kommt Rat, Tjark. Jetzt erstmal Tschüss. Und … grüß natürlich die Frau Drehmels ganz herzlich von mir, falls du sie in nächster Zeit mal wieder zufällig bei einem Kaffee treffen solltest, Tjark!«

»Sehr witzig, Manno!«

»Und dann gibt es ja noch das Auto.«

»Welches Auto?«

»Den Leihwagen, den Silvana Mendez in Emden ausgeliehen hat und mit dem sie nach Norderney gekommen ist. Wir haben den Schlüssel sichergestellt. Die Firma heißt Oltmanns & Remmers. Vielleicht hakst du da mal nach, ob die sich an irgendetwas erinnern, was für uns relevant sein könnte.«

»Und wo ist der Wagen jetzt?«

»Ich vermute auf dem Parkplatz Ostheller. Weiter kann man ja nicht fahren.«

»Ich werde das mal abchecken«, versprach Drönkemeier.

*

Kommissar Lewert beendete das Gespräch.

»Sie wollen wirklich noch nach dem Projektil suchen?«, fragte Wieland von Bröking, der das Telefongespräch natürlich mitbekommen hatte.

»Ich werde es zumindest versuchen«, sagte Kommissar Lewert. »Ob ich Erfolg habe, weiß ich nicht. Aber es kann ja sein, dass Ihre scharfen Adleraugen etwas entdecken, was ich übersehen würde.«

»Nun …«

»Ist Ihnen das zu mühsam? Tut mir leid, aber ich kann leider nicht darauf verzichten. Wenn Sie sich schon auf den Rückweg machen wollen, kann ich Sie nicht aufhalten. Allerdings müssten Sie dann entweder beim Parkplatz Ostheller auf mich warten oder auch den Rest der Strecke bis Nordhelm zu Fuß laufen. Ich weiß nicht, welche Möglichkeit letztlich die schnellere ist.«

Von Bröking atmete tief durch. »Es ist durchaus nicht so, dass ich nichts zu tun hätte«, erklärte der Privatermittler.

»Aber es interessiert Sie sicher doch, ob wir in dem Leihwagen etwas finden!«

Von Bröking nickte. »Allerdings. Und davon abgesehen sind wir jetzt so weit gekommen, da sollten wir den Fall auch noch bis zum Ende aufklären. Viel ist da ja auch nicht mehr zu tun.

Das meiste habe ich Ihnen gewissermaßen ja schon auf dem Silbertablett präsentiert.«

»Natürlich«, lächelte Kommissar Lewert.

»Sie sagen das mit einer gewissen Süffisanz.«

»Nein, da irren Sie sich.«

»Dann habe ich das vollkommen falsch wahrgenommen?«

»Was Sie gesagt haben, entspricht vollkommen der Wahrheit, Herr von Bröking. Und wenn Sie mir jetzt noch helfen, ein Projektil zu finden, dann wäre ich vollkommen glücklich.«

»Ich würde die Suche einfach systematisch angehen.«

»Systematisch?«

»Angenommen, die Geschichte von dem Treffen zwischen Frau Mendez und ein paar Drogenhändlern stimmt. Wo würden Sie sich hier verabreden?«

»Beim Schiffswrack. Das ist ein markanter Punkt.«

»Ganz genau, Herr Lewert. Ich vermute also, das Treffen und der Mord haben dort stattgefunden.«

»Tja, was soll ich sagen, Herr von Bröking? Zwei Dumme, ein Gedanke! Daran hatte ich nämlich auch schon gedacht.«

»Von *zwei* Dummen zu sprechen, halte ich für gelinde gesagt sehr gewagt.«

Kapitel 9

Lewert und von Bröking sahen sich beim Schiffswrack um. Kommissar Lewert war natürlich bewusst, dass der Schuss, der Silvana Mendez getötet hatte, in nahezu jede Richtung gegangen sein konnte. Mit etwas Glück steckte das Projektil irgendwo im Schiffswrack. Doch das war längst nicht ausgemacht. Wenn es irgendwo in der Nähe im Sand gelandet war, hatte es vermutlich eine der letzten Fluten mitgenommen.

Von Brökings Blick war ziemlich starr auf den Boden in der Nähe des Wracks gerichtet. Er schien ihn systematisch mit den Augen abzusuchen, so ähnlich wie er das mit den zahllosen Fotos zu tun pflegte, die er mit gesuchten Gesichtern von Vermissten, Toten oder Kriminellen abgleichen musste.

Lewert konzentrierte sich hingegen auf das Schiffswrack. Er suchte systematisch nach Stellen, die vielleicht auf einen Einschuss hindeuten konnten. Aber das im Laufe der Jahrzehnte ohnehin bereits zum Teil unter Sand begrabene Wrack war schon seit Jahrzehnten hier und in all diesen Jahren sowohl der Witterung als auch dem Zugriff von Touristen ausgesetzt gewesen.

Lewert hatte ja schon einmal einen Mordfall, der sich in der Nähe des Wracks ereignet hatte. Damals hatte er Glück gehabt. Das Projektil war darin stecken geblieben.

Diesmal schien das nicht der Fall zu sein.

Sosehr er auch suchte und verschiedene verdächtige Stellen genauer unter die Lupe nahm, so blieb er doch erfolglos.

Damit musste ich rechnen, ging es ihm durch den Kopf.

Und zu viel Zeit wollte er mit dieser vielleicht aussichtslosen Suche besser auch nicht verbringen.

»Ich habe etwas!«, stellte Wieland von Bröking jetzt fest.

Er bückte sich und hob etwas vom Boden auf.

»Was haben Sie da?«, wollte Kommissar Lewert wissen.

»Patronenhülsen, und zwar gleich zwei. Möglicherweise suchen wir die ja – es sei denn, es wird hier öfter mal herumgeballert. Aber das kann ich mir jetzt eigentlich nicht vorstellen.«

Von Bröking wollte einen Schritt auf Lewert zumachen, aber dessen ungewohnt barscher Befehl hielt ihn davon ab.

»Stehen bleiben!«

»Nanu, bin ich jetzt verhaftet, Herr Lewert? Oder wie darf ich das verstehen? Sie haben mich in flagranti bei der tatkräftigen Unterstützung der Polizei ertappt. Ich wusste nicht, dass so etwas inzwischen strafbar ist.«

»Einfach stehen bleiben, wo Sie jetzt stehen. Machen Sie die Hand auf und zeigen Sie mir, was Sie aufgehoben haben!«

»Jawohl, Sir!«, meinte von Bröking und verzog dabei ironisch das Gesicht.

Lewert betrachtete zuerst die beiden Patronenhülsen in von Brökings Handfläche.

»Kaliber neun Millimeter«, stellte der Kommissar fest.

»Ich verstehe nicht viel von Waffen, aber dass dieses Kaliber ausgesprochen häufig vorkommt, habe ich irgendwo mal aufgeschnappt«, lautete von Brökings Kommentar.

»Ich werde nachher noch Ihre Fingerabdrücke nehmen müssen, Herr von Bröking.«

»Meine Fingerabdrücke?«

»Sie haben die Patronen ohne Latexhandschuhe angefasst. Ich muss Ihre dabei eventuell entstandenen Abdrücke von denen unterscheiden können, die darauf eventuell noch zu finden sind.«

»Sie hätten mir ein Paar Latexhandschuhe geben können!«

»Ich hatte noch ein Paar dabei«, stellte Lewert fest. Er holte eine kleine Plastiktüte aus der Seitentasche seines Jacketts. So etwas hatte einer wie er immer dabei. Er hielt die Tüte von Bröking hin und forderte ihn dann auf: »Einfach reintun.«

»Bitte.«

»Und noch einen Moment stehen bleiben.«

»Wenn es Ihnen Freude macht!«, seufzte von Bröking.

»Sie stehen jetzt genau dort, wo sich der Schütze befunden haben muss, als er schoss.«

»Sie meinen, der Betreffende war einfach faul und hat die Patronenhülsen schlicht und ergreifend zu Boden fallen lassen und nicht mehr beachtet.«

»So ist es«, bestätigte Lewert. »Aber stellen wir uns die Situation einmal konkret vor. Der Täter steigt aus seinem Boot. Er ist nicht allein, da sind noch Komplizen bei ihm, die ihm beim Wegtragen der Leiche helfen können. Es wurde ein Treffpunkt vereinbart. Den Grund für das Treffen kennen wir noch nicht. Vielleicht ein Drogendeal. Es muss irgendetwas gewesen sein, das Silvana Mendez nicht misstrauisch werden ließ.«

»Der Mordbefehl von ganz oben in der Organisation war gegeben, das Todesurteil musste nur noch vollstreckt werden, um zu verhindern, dass Silvana Mendez enttarnt wird und damit die Organisation in Gefahr bringt«, nahm von Bröking den Faden auf.

»Der zukünftige Mörder geht also zum Treffpunkt und bleibt genau da stehen, wo Sie sich befinden, Herr von Bröking.«

»Beim Schiff.«

»Exakt.«

»Und Frau Mendez kommt aus dieser Richtung!«, fuhr von Bröking fort und deutete zu den Dünen. »Zumindest, wenn man von dem Foto ausgeht, das Tobias Kortmann mit dem gestohlenen Handy geschossen hat.«

»Ganz genau. Frau Mendez wird schnurstracks hierher gekommen sein, zum Treffpunkt. Der Schuss – oder besser gesagt beide Schüsse, denn durch die Anzahl der Hülsen wissen wir, dass es mindestens zwei waren – wurde vermutlich aus nächster Nähe und mit Schalldämpfer abgegeben.«

»Sie war ahnungslos.«

»Davon würde ich ausgehen.«

»So weit, so gut …«

»Eine normale Pistole hat eine effektive Reichweite von etwa achtzig Metern«, ergriff Kommissar Lewert erneut das Wort. »Aber ein Schuss, der durch einen menschlichen Körper hindurchgeht, wird stark abgebremst. Der fliegt danach nicht mehr weiter als vierzig Meter – und zwar in die Richtung, in die Sie gerade gezeigt haben, Herr von Bröking. Ich wette, genau da sollten wir nach dem ausgetretenen Projektil suchen … Helfen Sie mir?«

»Nun, da ich schon mal hier bin. Was tut man nicht alles, um die Polizei zu unterstützen, diesen manchmal etwas lahmen Freund und Helfer, wie es ja so schön heißt.«

*

Lewert ging vierzig Schritte in die Richtung ab, aus der Silvana Mendez gekommen sein musste.

»Und jetzt sind Ihre scharfen Augen gefragt, Herr von Bröking!«

»Ich fasse aber nichts an! Sonst heißt es hinterher wieder, ich würde irgendwo Fingerabdrücke hinterlassen!«

»Ja, in diesem Fall wäre das wirklich ärgerlich, denn Sie würden dann vielleicht sogar die Blutspuren abwischen, die ja vermutlich den Projektilen anhaften.«

»Sofern wir sie finden!«

»Korrekt.«

»Die Möglichkeit, dass irgendjemand diese Dinger eingesammelt haben könnte, blenden Sie komplett aus?«

»Nun …«

»Spielende Kinder zum Beispiel.«

Lewert zuckte mit den Schultern. »Hier kommen regelmäßig Touristengruppen hin, das ist schon richtig. Aber das ist kein Gebiet, in dem Sandburgen gebaut werden oder dergleichen. Also glaube ich, dass das, was Sie befürchten, ziemlich unwahrscheinlich ist.«

Einige Augenblicke vergingen dann schweigend. Die beiden Männer sahen angestrengt auf den Boden. Lewert setzte dazu sogar seine Lesebrille auf, stellte dann aber fest, dass der Abstand zum Boden für die Schärfe seiner Brille ungeeignet war und er besser ohne Brille sehen konnte.

Eine ganze Weile verging, dann sagte Wieland von Bröking plötzlich: »Buddeln Sie mal hier ein bisschen. Da ragt was aus dem Sand.«

Lewert bückte sich.

»Das ist hart und genau das, was wir suchen«, stellte Lewert dann schließlich fest. »Ein verformtes Projektil.«

»Na bitte!«

»Ehrlich gesagt, habe ich zuerst gedacht, dass es ein Kaninchenköttel ist.«

»Den Unterschied sollte man schon erkennen, Herr Lewert. Und im Übrigen …«

»Ja?«

»Sie tragen ja Latexhandschuhe. Wenn ich mich vertan hätte, wäre das nicht ganz so schlimm gewesen, oder?«

»In unserem Job müssen wir ab und zu auch mal in alles Mögliche hineingreifen«, meinte Lewert seufzend, während er das Projektil eintütete.

Ein zweites fanden die beiden Männer nicht. Lewert entschied schließlich, die Suche danach erst einmal aufzugeben. Schließlich konnte ja wirklich sein, dass das zweite Projektil im Körper stecken geblieben war. Und zur Identifizierung der Tatwaffe reichte ohnehin dieses eine.

*

»Ich gebe zu, ich bin schon lange nicht mehr so viel gelaufen«, sagte Wieland von Bröking.

»Ich kann nichts dafür, dass es auf einem beträchtlichen Teil unserer Insel keinerlei Autoverkehr gibt«, meinte Kommissar Lewert dazu.

Sie hatten gerade den Parkplatz Ostheller erreicht.

Den östlichsten Vorposten der Zivilisation auf Norderney, wie manche sagen.

»Wenn Sie so etwas noch einmal vorhaben, sollten wir vielleicht doch ein Pferd mitnehmen«, meinte von Bröking.

»Naja, ich gehe jetzt nicht davon aus, dass andauernd Menschen zwischen Ostheller und dem Schiffswrack umgebracht werden.«

»Das haben Sie beim letzten Mal auch gesagt, Herr Lewert.«

»Von hier an geht es auf jeden Fall motorisiert weiter.«

»Das beruhigt mich ungemein, Herr Lewert. Sie ahnen gar nicht wie.«

Lewert blickte sich suchend um. Der Leihwagen von Silvana Mendez war schnell identifiziert. Der Aufdruck Oltmanns & Remmers mit der dazugehörigen Emder Adresse war einfach nicht zu übersehen. Die Telefonnummer war nochmal um ein paar Zentimeter größer auf das Wagenheck geschrieben worden, damit man sie auch auf gar keinen Fall übersehen konnte. Selbstverständlich gab es auch einen Hinweis auf die Internetpräsenz der Autoverleihfirma.

Mit dem Schlüssel, der bei der toten Silvana Mendez sichergestellt worden war, öffnete Lewert das Fahrzeug.

»Ist Ihnen eigentlich aufgefallen, was wir *nicht* bei Frau Mendez gefunden haben?«, fragte Wieland von Bröking.

Lewert merkte auf und sah von Bröking stirnrunzelnd an. Anschließend schüttelte der Kommissar den Kopf.

»Nee, tut mir leid.«

»Ein Handy.«

»Der oder die Mörder haben es vielleicht an sich genommen und verschwinden lassen.«

»Ich glaube, Silvana Mendez hatte gar kein Handy dabei«, widersprach von Bröking.

Auf Manno Lewerts Stirn bildete sich eine skeptisch wirkende Falte. »Wie kommen Sie zu dieser Annahme?«

»Also wenn ich Teil einer Drogenbande wäre und mich mit Komplizen der Organisation treffen wollte, dann würde ich auf gar keinen Fall ein Handy mitnehmen. Denn es könnte ja sein, dass dieses Handy dazu genutzt wird, mich zu verfolgen, und die Positionsdaten mir bei einer Verhaftung insofern um die Ohren gehauen werden, als sich damit beweisen ließe, dass ich mich zu einem bestimmten Zeitpunkt vielleicht genau dort aufgehalten habe, wo sich gleichzeitig irgendein anderer Krimineller aufgehalten hat. Dann abzustreiten, den Betreffenden überhaupt zu kennen, geschweige denn, sich mit ihm getroffen zu haben, dürfte etwas schwierig und wohl auch wenig überzeugend sein.«

»Stimmt.«

»Ab und zu sollten Sie die Welt aus der Sicht von Gangstern betrachten, Herr Lewert. Das erweitert die Perspektive.«

»Ich werde mir Ihren Ratschlag zu Herzen nehmen, Herr von Bröking.«

»Das wäre das erste Mal, Herr Lewert.«

»Was glauben Sie denn, wo sich das Handy von Silvana Mendez befindet?«, fragte Lewert.

Von Bröking deutete auf den Leihwagen. »Da natürlich – wo sonst? Ohne Handy wird die Dame nicht angereist sein. Darauf vollkommen zu verzichten ist für jemanden wie sie vielleicht sicherer, aber auch sehr unpraktisch. Und letztlich neigen alle Menschen immer zur Faulheit, Herr Lewert. Wir alle versuchen, Unbequemlichkeiten so weit wie möglich zu vermeiden.« Wieland von Bröking zuckte mit den Schultern und verschränkte dann die Arme vor der Brust, bevor er schließlich fortfuhr: »Manchmal gelingt das etwas besser, manchmal etwas schlechter.«

»Es macht doch immer wieder Freude …«, murmelte Lewert.

»Was macht Freude?«

»Zusammen mit einem philosophischen Propheten zu ermitteln.«

»Einem was bitte?«

»Sie versuchen die Zukunft vorherzusagen, das tun Propheten. Sie prophezeien, dass ich in diesem Wagen ein Handy finden werde, und begründen das mit einer philosophischen Betrachtung der Faulheit. Das meinte ich.«

Lewert öffnete die Tür, setzte sich in den Wagen und öffnete das Handschuhfach. Dort war nichts Besonderes zu finden. Nur die Fahrzeugpapiere und eine Parkuhr. Außerdem noch eine Billigsonnenbrille mit dem Emblem der Verleihfirma am Bügel. Offenbar gab es etliche Ausleiher, die plötzlich bei der Fahrt feststellten, dass es besser war, eine Sonnenbrille zu haben, und genau für diesen offenbar etwas häufiger vorkommenden Fall hatte man hier wohl vorgesorgt.

Auf dem Rücksitz lag eine angefangene Packung mit Keksen. Ein paar Krümel auf dem Boden zeugten davon, dass einige davon wohl im Wagen gegessen worden waren.

Lewert nahm sich jetzt den Kofferraum vor.

Da fand er eine Sporttasche.

Der Kommissar öffnete sie. Da waren Sachen für ein paar Tage drin. Unterwäsche, ein Hygienebeutel, Socken, eine Haarbürste. Außerdem ein weiterer Pass.

»Offenbar tritt sie auch als Niederländerin unter dem Namen Mareike van Plaat auf«, stellte Lewert fest und zeigte von Bröking den Pass.

»Strohblond steht ihr auch.«

»Kaum wiederzuerkennen.«

»Das finde ich nicht.«

»Ich meine für jemanden, der jetzt nicht unbedingt einen so speziellen Blick für Gesichter hat.«

»Das mag sein.«

Wenig später holte Lewert dann auch ein Handy hervor. »Sie hatten recht, Herr von Bröking.«

»Sehen Sie!«

»Das werden wir genau untersuchen.«

»Wenn Sie Glück haben, finden Sie darauf Daten, die es erlauben, ihr Drogenverteilernetz zu ermitteln.«

»Das wäre aber schon sehr viel Glück. Ich glaube nicht, dass ein Profi in diesem Geschäft so unvorsichtig wäre!«

»Das stimmt einerseits. Aber andererseits werden Menschen meistens immer dann leichtsinnig und unvorsichtig, wenn sie mit einer bestimmten Masche zu oft durchgekommen sind.«

Von Bröking runzelte die Stirn, während er den Kommissar beobachtete.

Dessen Hand hatte unterdessen den Boden der Sporttasche erreicht und tastete darauf herum.

»Da ist ein doppelter Boden in der Tasche«, sagte Kommissar Lewert im Tonfall einer Feststellung.

Wenig später hatte er dann gefunden, was sich darunter befand. Es handelte sich um Geldbündel.

Der Kommissar holte sie der Reihe nach hervor und legte sie nebeneinander auf den Boden des Kofferraums.

»Ungefähr eine halbe Million Euro, würde ich überschlagsmäßig mal schätzen«, vermutete Wieland von Bröking.

»Ganz schön viel Kleingeld für eine Norderney-Reise«, gab Lewert zurück.

»Und natürlich ziemlich leichtsinnig, so etwas einfach im Wagen zu lassen. Ich würde das nicht tun, aber wer bin ich schon, dass ich Gangstern einen Rat erteilen sollte?«

»Das Bargeld passt aber zu dem, was wir über diese Frau vermuten«, meinte Lewert.

»Sie meinen, dass sie weiterhin im Drogengeschäft war, nachdem aus Bianca Keller so plötzlich Silvana Mendez wurde?«

»Genau. Tun Sie mir bitte einen Gefallen: Können Sie meinen Wagen zur Wache fahren?«

»Sie vertrauen mir Ihren Wagen an?«

»Ungern, Herr von Bröking, aber ich kann nur an einem Steuer sitzen. Und den Leihwagen hier möchte ich gerne auf dem Parkplatz der Norderneyer Wache wissen. Vielleicht müssen wir das Fahrzeug auch nochmal nach Fingerabdrücken abspuren.«

»Geben Sie mir Ihren Wagenschlüssel. Ich werde Ihr Dienstfahrzeug pfleglich behandeln.«

»Davon bin ich überzeugt.«

Kapitel 10

Etwas später erreichten Wieland von Bröking und Manno Lewert dann in getrennten Fahrzeugen die Norderneyer Polizeiwache. Beide Fahrzeuge parkten nebeneinander. Da auch das Dienstfahrzeug der Wache und noch ein weiteres Fahrzeug auf dem Parkplatz standen, wurde es fast schon eng.

Lewert stieg aus und nahm die Tasche mit Silvana Mendez' Sachen und dem Geld an sich. Dann sah er etwas skeptisch und mit einem fragenden Blick zu dem vierten Fahrzeug auf dem Parkplatz. Von Bröking reichte ihm den Schlüssel seines Wagens und beantwortete Lewerts ungestellte Frage: »Das ist mein Wagen. Ich habe meine Assistentin von unterwegs angerufen, dass sie mich hier bei der Wache abholen soll.«

»Ich verstehe.«

»Sicher wollen Sie mich jetzt noch darauf hinweisen, dass Telefonieren am Steuer verboten ist.«

»Ich bin von der Mordkommission, Herr von Bröking – nicht von der Verkehrspolizei.«

»Dann habe ich anscheinend Glück gehabt.«

»Aber gegenüber Tjark Drönkemeier sollten Sie das nicht unbedingt erwähnen. Der ist nämlich durchaus auch für den Verkehr hier auf Norderney zuständig.«

Von Bröking verzog spöttisch den Mund. »Das bisschen Verkehr, das es hier noch gibt.«

»Besonders viel war das auch früher nicht. Ist eben eine Insel.«

»Nein, aber die Tendenz geht ja wohl dahin, den Autoverkehr noch mehr zu reduzieren, als es ohnehin schon der Fall ist. Am Ende wird ganz Norderney eine einzige große Fußgängerzone!«

»So wie Langeoog?«

Von Bröking seufzte. »Lassen wir das. Sie nehmen einen besorgten Bürger anscheinend nicht so richtig ernst.«

Sie betraten die Wache.

»Moin, Herr Lewert«, kam es dem Kommissar entgegen. Das war Frau Haddinga. »Ich nehme an, Sie könnten jetzt eine Tasse Tee gebrauchen!«

»Ja, das auch!«, bestätigte der Kommissar.

»Haben Sie denn schon gegessen? Mein Mann sagt, Sie hätten heute Morgen nicht einmal gefrühstückt!«

»Ich hoffe, das kann ich noch irgendwie nachholen.«

»Ja, natürlich. Ich kann ihm ja gleich Bescheid geben.«

»Manchmal ist das so, dann kommt man zu gar nichts. Nicht einmal zu den eigentlich lebensnotwendigen Dingen.«

»Da sagen Sie was, Herr Lewert! Ich gieße Ihnen erstmal eine Tasse ein und dann sage ich meinem Mann Bescheid.«

»Sagen Sie Ihrem Mann noch nicht Bescheid, Frau Haddinga. Es könnte sein, dass ich vorher noch ein paar Dinge erledigen muss, die keinen Aufschub dulden.«

»Gut, wie Sie meinen …«

Außer Frau Haddinga waren noch Tjark Drönkemeier und Wieland von Brökings Assistentin Jarmila Mustafi im Raum.

Lewert stellte unterdessen die Tasche auf den Tresen. »Diese Tasche gehörte Silvana Mendez«, sagte der Kommissar dann. »Das ist Beweismaterial. Es ist eine halbe Million Euro darin, die wir unter anderem daraufhin prüfen müssen, ob es sich um Falschgeld handelt.«

»Eine halbe Million?«, staunte Tjark Drönkemeier und machte dabei große Augen. »Falschgeld, Schwarzgeld oder beides?«

»Müssen wir noch herausfinden«, sagte Lewert. »Vermutlich handelt es sich um eingesammelte Drogenerlöse. Aber dazu müssen wir erst noch ein paar weitere Indizien sammeln.«

»Ich verstehe …«

Jarmila Mustafi erhob sich jetzt von ihrem Platz. Sie blickte kurz zu von Bröking. »Moin«, sagte sie und wandte sich dann an den Kommissar. »Ich hoffe, er hat sich benommen, während ich nicht dabei war!«

»Also Moment mal, das hört sich an, als wäre ich ein unmündiges Kind!«

»Über das Wort unmündig können wir gerne streiten, Herr von Bröking. Ich wollte nur wissen, ob ich eventuell irgendetwas in Ordnung bringen muss, so wie sonst!«

»Nun übertreiben Sie aber. Ich bin …«

»… total umgänglich, ich weiß.«

Kommissar Lewert meldete sich nun zu Wort. »Wir haben uns gut verstanden«, versicherte der Kripo-Mann vom Festland. »Und die anregende Unterhaltung mit Herrn von Bröking habe ich sehr genossen. Er vermutlich weniger, aber er war sehr geduldig mit mir.«

»Das hör ich gerne«, sagte Jarmila. »Mit anderen Worten, wir können uns hier auf der Polizeiwache nochmal bei Ihnen blicken lassen, ohne schief angesehen zu werden.«

»Natürlich«, sagte der Kommissar hintergründig lächelnd.

»Ich wüsste keinen Ort, an dem wir uns nicht blicken lassen könnten«, meinte von Bröking.

Jarmila zuckte mit den Schultern. »Ich dachte zum Beispiel an den Bäckerladen, in dem Sie sich abends um sechs beschwert haben, dass die Brötchen nicht ofenfrisch waren. Oder den Zeitschriftenladen, dem Sie vorgeworfen haben, er sei schlecht sortiert und hätte fast nichts im Angebot, obwohl an dem Tag die Fähre wegen Sturm nicht gekommen war und deswegen auch keine Zeitungen da sein konnten und …«

»Lieber Himmel, diese empfindlichen Mimosen! Ein bisschen Kritik und schon geraten die aus der Fassung. Was kann ich dafür?«

»Ich bin mit dem Wagen da. Haben Sie sicher gesehen. Am besten, wir fahren dann.«

»Haben Sie denn alles erledigt, was ich Ihnen von unterwegs aufgetragen hatte, Jarmila?«

»Ja, das habe ich.«

»Na, wenigstens etwas!«

Jarmila drehte sich zu den anderen und meinte: »Kein Tadel ist auch Lob genug, oder?«

»Dazu braucht man eine Engelsgeduld, um das auszuhalten«, mischte sich Tjark Drönkemeier ein. »Also ich hätte die nicht.

Trotz all der Seminare für Deeskalation und sowas, die ich im Laufe meines dienstlichen Lebens so mitmachen musste.«

Bevor Jarmila und von Bröking dann die Wache verließen, wandte sich der Privatermittler noch kurz an Kommissar Lewert. »Das war ein interessanter Ausflug mit Ihnen. Eigentlich ist der Fall ja so gut wie gelöst …«

»Nun …«

»… aber da ich befürchte, dass Sie die letzten paar fehlenden Puzzleteile vermutlich doch am Ende nicht ohne meine Hilfe zusammenbekommen werden, sehe ich zu, ob ich noch etwas herausbekommen kann.«

»Immer gerne, Herr von Bröking.«

»Es ist schön, wenn jemand keine Probleme hat, Hilfe anzunehmen.«

»Das sehe ich auch so.«

»Ich melde mich dann vermutlich morgen bei Ihnen.«

»Gerne.«

*

»Ich kann diese arrogante Art nicht ab!«, stieß Tjark Drönkemeier hervor, kurz nachdem von Bröking mit seiner Assistentin die Polizeiwache von Norderney verlassen hatte. Es platzte regelrecht aus ihm heraus.

»Alles halb so schlimm«, fand hingegen Lewert.

»Heißt das – ihr habt euch wirklich gut verstanden?«, fragte Tjark Drönkemeier dann ungläubig.

»Ja, das haben wir.«

»Wenn ich mir das nur vorstelle! Stundenlang mit diesem Mann durch die Dünen wandern und dessen Gelaber anhören!« Er machte eine wegwerfende Handbewegung. »Das ist pure Folter, würde ich sagen!«

»Der Herr Lewert ist hart im Nehmen«, meinte nun Frau Haddinga und stellte ihm eine Tasse Tee hin, die der Kommissar dann auch gerne und mit Genuss zu sich nahm.

Entgegen seiner sonstigen Gewohnheit nahm er sich dafür verhältnismäßig wenig Zeit.

Er schaute auf die Uhr an seinem Handgelenk. Es war bereits später Nachmittag. Der Ausflug zum östlichen Inselende hatte einiges an Zeit gekostet, aber natürlich hatte er sich auch gelohnt. Lewerts Theorie, dass es eine Leiche geben musste, hatte sich schließlich bestätigt. Von jetzt an konnte man in diesem Fall vorgehen wie in jedem anderen.

»Ich habe noch einiges über diese Organisation namens Animals in Danger herausfinden können«, stellte Tjark Drönkemeier unterdessen fest.

»Das kannst du mir gleich erzählen, Tjark«, gab Kommissar Lewert zurück. »Ich muss jetzt erst einmal bei der Autoverleihfirma Oltmanns & Remmers in Emden anrufen. Sonst machen die am Ende schon Feierabend und ich muss bis morgen warten.«

Wenig später hatte Lewert die Nummer der Autoverleihfirma gewählt.

»Hier bei Oltmanns & Remmers, Autoverleih Emden«, säuselte eine Frauenstimme. »Sie sprechen mit Meike Groothuis. Was kann ich für Sie tun?«

»Hier spricht Kommissar Manno Lewert, Kripo Norden, zurzeit auf der Insel Norderney. Wir ermitteln in einem Mordfall und haben in diesem Zusammenhang ein Fahrzeug sichergestellt, das Ihrer Verleihfirma gehört.« Lewert gab das Autokennzeichen und die Typenbezeichnung durch.

»Ja, Sie haben recht, das ist unser Fahrzeug«, erklärte Meike Groothuis.

»Von wem wurde das Fahrzeug ausgeliehen?«

»Von einer Frau van Plaat.«

»Mareike van Plaat, mit niederländischem Pass?«

»Ja.«

»Wir brauchen alle Daten zu diesem Vorgang.«

»Dazu müsste ich den Chef fragen. Und wahrscheinlich ist dafür auch eine richterliche Anordnung oder dergleichen notwendig. So am Telefon …«

»Ich werde die Kollegen in Emden kontaktieren. Die werden zu Ihnen kommen und Ihnen vielleicht ein paar zusätzliche Fragen stellen. Reservieren Sie dafür morgen früh etwas Zeit.«

»Nun, ich …«

»Eine Frage hätte ich noch. Sie würden unsere Ermittlungen sehr unterstützen, wenn Sie sie beantworten könnten.«

»Um welche Frage geht es?«

»Hat diese Frau Plaat vorher schon mal einen Wagen bei Ihnen ausgeliehen?«

»Alle zwei bis drei Wochen. Meistens war es ein Dienstag.«

»Wie lange geht das schon so?«

»Vielleicht ein oder zwei Jahre. Das müsste ich erst nachschauen. Aber sie ist eine Stammkundin.«

»Ich danke Ihnen. Den Rest erledigen dann die Kollegen aus Emden.«

Lewert beendete das Gespräch und atmete tief durch. »Dachte ich es mir doch!«, murmelte er vor sich hin.

»Mareike van Plaat aus den Niederlanden?«, fragte jetzt Tjark Drönkemeier.

Lewert nickte. »Das ist sozusagen eines der Pseudonyme, die diese Frau benutzte. Geboren als Bianca Keller, zwischenzeitlich und in der Öffentlichkeit nannte sie sich Silvana Mendez, das dunkelhaarige Model, das für den Tierschutz warb, aber wenn sie ein Auto geliehen hat, dann war sie Mareike van Plaat und hatte blondes Haar.«

»Also eine Mareike van Plaat ist als Webmasterin für eine der Spendenseiten von Animals in Danger eingetragen«, berichtete Drönkemeier.

Lewert runzelte die Stirn. »Wie bitte?«

»Ja, sieh es dir selber an.«

Drönkemeier ging zu seinem Computer. Lewert ließ sich unterdessen von Frau Haddinga noch etwas Tee nachgießen und folgte dem Kollegen dann. Auf dem mit dem Rechner verbundenen Großbildschirm war eine Seite zu sehen, die zur Webpräsenz von Animals in Danger gehörte. Das Foto, das dort zu sehen war, erkannte Lewert sofort wieder. Mareike van Plaat stand darunter.

»Ist das wirklich dieselbe Frau?«, fragte Drönkemeier dann.

»Ich hätte sie auch zuerst nicht wiedererkannt, als ich das Bild in einem Pass sah, der sich bei den Sachen von Silvana Mendez befand.«

»Ich kann das kaum glauben.«

»Unser Kollege von Bröking war sich sofort hundertprozentig sicher.«

»Nenn den bitte nicht Kollege, Manno.«

»Warum nicht? Wir arbeiten nun schon zum wiederholten Mal zusammen an einem Fall, Tjark. Da kann man schon von einem Kollegen sprechen, finde ich.«

»Die einen sagen so, die anderen so, Manno.«

»Aber das ist ja auch nicht der Punkt, der jetzt wichtig sein sollte, oder?«

»Nein.«

»Mareike van Plaat war offenbar eine Tarnidentität dieser Frau«, stellte Manno Lewert fest. »Sie muss eine begabte Maskenbildnerin in eigener Sache gewesen sein. Wenn nicht gerade ein Super-Recogniser seinen Blick darauf wirft, dürfte sie kaum jemand wiedererkannt haben. Das ist Schminke in Perfektion.«

»Woher weißt du, dass sie das selber gemacht hat?«

»Ich nehme es an. Sie wurde regelmäßig zu Mareike van Plaat, wenn sie sich ein Auto lieh. Aber danach verwandelte sie sich wieder in Silvana Mendez.«

»Sie wollte um jeden Preis ihre Spuren verwischen!«

Lewert nickte. »Exakt. Und das ganz regelmäßig, wenn man nach den Auskünften der Autoverleihfirma gehen kann. Ich werde gleich noch die Kollegen in Emden anrufen …«

»Die machen jetzt auch bald Feierabend.«

»Ich weiß.«

Kapitel 11

Lewert telefonierte kurz mit den Kollegen der Polizeiwache in Emden, damit am nächsten Tag jemand noch genauere Erkundigungen zu dem ausgeliehenen Fahrzeug einholen konnte.

Als Lewert dies erledigt hatte, klingelte das Telefon auf der Wache.

Das war überraschenderweise nochmal Frau Groothuis von der Autoverleihfirma Oltmanns & Remmers.

»Schön, dass Sie sich nochmal melden, Frau Groothuis. Gibt es noch irgendwelche zusätzlichen Informationen, die Sie mir mitteilen wollen?«

»Nein, ich habe nur vergessen, etwas zu fragen.«

»Sie haben eine Frage an mich?«, wunderte sich der Kommissar.

»Wo befindet sich zurzeit unser Fahrzeug und wann könnte es abgeholt werden? Für uns ist das schließlich ein Wirtschaftsgut. Leider habe ich in unserem vorherigen Gespräch vergessen, mich danach zu erkundigen, und mein Chef meinte nun …«

»Ja, ich verstehe«, murmelte Lewert. Hauptsache, der Wagen konnte wieder eingesetzt werden und war einsatzbereit. Dass er von einem Mordopfer gefahren worden war, das wiederum selbst kriminell gewesen zu sein schien, schien bei der Firma Oltmanns & Remmers niemanden wirklich zu interessieren. So ist das eben, dachte Lewert. Das Hemd saß eben überall näher als die Hose. Emder Autoverleihfirmen waren in dieser Hinsicht keine Ausnahme.

»Wie lange hatte die Frau van Plaat den Wagen noch gemietet?«, wollte Lewert wissen.

»Noch eine ganze Woche. Also bis zum 27. dieses Monats.«

»Und hat sie im Voraus bezahlt?«

»Ja, das hat sie. Im Voraus und in bar.«

»Dann ist der Wagen ja im Grunde noch eine ganze Weile vorausbezahlt, wenn ich das richtig sehe.«

»Ja, so kann man das natürlich auch betrachten.«

»Es entsteht Ihnen also gar kein Schaden.«

»Bis zum 27. dieses Monats nicht«, gab Frau Groothuis kleinlaut zu.

»Der Wagen steht derzeit auf dem Parkplatz unserer Polizeiwache. Bevor Sie ihn abholen können, möchte ich aber gerne die kriminaltechnischen Untersuchungen an der toten Fahrerin abwarten. Möglicherweise müssen wir dann auch nochmal an den Wagen ran – spurensicherungstechnisch, meine ich.«

»Wann wird sich das voraussichtlich geklärt haben?«, fragte Frau Groothuis.

»Ich werde Ihnen Bescheid geben. Aber je umfangreicher die Unterstützung ist, die Sie meinen Emder Kollegen zukommen lassen, wenn die Sie besuchen kommen, desto besser sind die Aussichten, dass das zügig vonstattengeht, Frau Groothuis.«

»Ich verstehe.«

»Ich würde sagen: Für heute Tschüss und bis zum nächsten Mal. Ich melde mich dann bei Ihnen, wenn Sie den Wagen abholen lassen können.«

»Gut.«

Lewert beendete das Gespräch.

»Sowas hat man gerne!«, meinte er. »Hauptsache, der Wagen kann wieder eingesetzt werden und der Rubel rollt.«

»Ja, so sind manche eben«, gab Drönkemeier seinen Senf dazu. »Sag mal, wie lange fuhr diese Dame mit dem Leihwagen durch die Gegend?«

»Sie hat den Wagen unterschiedlich lange ausgeliehen. Mal ein paar Tage, mal eine Woche, mal zwei Wochen …«, stellte Lewert fest.

»Klingt nach einer Rundtour.«

»Offenbar hat sie regelmäßig solche Rundtouren durch Norddeutschland durchgeführt. Und Norderney war eines ihrer Ziele dabei.«

»Rätselhaft.«

»Nicht rätselhaft, wenn man davon ausgeht, dass sie Drogengelder eingesammelt oder ausgezahlt hat. Sie ist vermutlich systematisch das Verteilernetz ihrer Organisation abgefahren und hat ein paar Dinge geregelt, wie man so schön sagt.«

»Auf Norderney war Schluss.«

»Es könnte sein, dass man befürchtete, sie könnte in nächster Zeit enttarnt und verhaftet werden und dann vielleicht ihr Wissen preisgeben«, sagte Lewert. »Als Bianca Keller wurde sie bereits in mehreren Ländern gesucht. Wir können davon ausgehen, dass irgendwo ganz oben in der Organisation jemand den Daumen gesenkt und gesagt hat: Die Frau wird ein zu großes Risiko. Sie muss ausgeschaltet werden. Um das durchzuführen, wurde ein ganz normaler Geschäftstermin genutzt.«

»Aber das sind bis jetzt alles nur Annahmen«, stellte Drönkemeier fest. »Bewiesen ist das meiste davon wohl nicht, wenn ich das richtig sehe.«

»Wir haben jetzt eine Leiche, die auch zuerst nur theoretisch existierte«, erklärte Lewert daraufhin. »Das ist doch bei den meisten Dingen so: Alles fängt irgendwann mit einer überzeugenden Idee an. Was wir jetzt brauchen, sind weitere Anhaltspunkte. Einen hast du ja schon gefunden …«

»Ich?«, wunderte sich Drönkemeier.

Lewert nickte. »Diese Animals-in-Danger-Organisation ist ja wohl in Wahrheit gar keine Organisation, sondern nur eine Kulisse. Dahinter ist gar nichts. Das soll alles nur etwas verschleiern.«

»So sieht es aus, Manno.«

»Was wir jetzt brauchen, sind Hinweise auf die Personen, mit denen sich Silvana Mendez am Schiffswrack getroffen hat. Es sind mindestens zwei, sonst hätten sie sie nicht so einfach wegtragen können. Und abgesehen davon haben wir Hülsen und Projektile. Die schicke ich nach Oldenburg zur ballistischen Untersuchung.«

»Das wird vermutlich eine Weile dauern«, meinte Drönkemeier.

Aber Lewert war da etwas optimistischer. »Die schicken einen Kurier.«

»Wann?«

»Ich schätze, erst morgen. Heute ist schon überall Feierabend.«

»Genau das meinte ich, Manno!«

Manno Lewert atmete tief durch und zuckte mit den Schultern. »Manchmal muss man Geduld haben, Tjark. Geduld haben und abwarten, bis man alle Teile des Puzzles zusammenhat. Das kann mitunter ein bisschen dauern. Aber in diesem Fall bin ich sehr zuversichtlich. Am Ende wird alles zusammenpassen und wir werden uns dann alle fragen, wieso wir nicht gleich darauf gekommen sind.«

In diesem Moment nahm Frau Haddinga einen Anruf entgegen. Es schien aber kein dienstlicher Anruf für die Polizeiwache zu sein, sondern etwas Privates. »Ich frage ihn mal eben«, sagte Frau Haddinga schließlich und wandte sich dann an Manno Lewert.

»Herr Lewert, Sie hatten heute Morgen ja kein Frühstück.«

»Das ist richtig.«

»Mein Mann fragt jetzt, ob er Ihnen gleich eine Scholle braten soll. Finkenwerder Art. Wär das was für Sie?«

»Ja, das wär jetzt genau das Richtige«, meinte der Kommissar.

»Dann müssten Sie sich aber ungefähr in einer Viertelstunde in der Pension einfinden.«

»Ich werde da sein«, versprach Lewert.

Frau Haddinga gab das an ihren Mann weiter.

»Sag bloß, du machst jetzt wirklich Feierabend?«, meinte Tjark Drönkemeier an seinen Kollegen gerichtet. »Und das, obwohl es einen Mord gab und die Ermittlungen gerade in eine entscheidende Phase getreten sind, wenn ich das richtig verstanden habe.«

»Das hast du richtig verstanden, Tjark«, nickte Lewert. »Aber im Moment kann man nicht viel machen. Morgen früh werden wir alle etwas schlauer sein.«

»Meinst du, weil dann der Obduktionsbericht aus Oldenburg kommt?«

»Zum Beispiel.«

Kapitel 12

»Sie haben wirklich alle Anrufe abgearbeitet, die ich Ihnen aufgetragen habe, Jarmila?«, vergewisserte sich Wieland von Bröking, kurz nachdem er mit seiner Assistentin seinen Bungalow in Nordhelm erreicht hatte.

»Ja, natürlich«, versicherte Jarmila. »Sie kennen mich doch, ich bin sorgfältig. Und ich vergesse auch niemanden.«

»Und?«, fragte von Bröking.

»Was heißt hier und?«

»Wie waren die Reaktionen?«

»Natürlich nicht unbedingt begeistert. Aber was erwarten Sie? Wer ist schon begeistert, wenn man ihm mitteilt, dass er länger warten muss, bis Sie Zeit für ihn haben? Und das waren ja auch alles dringende Fälle.«

»Aber was kann es Dringenderes geben als die Aufklärung eines Mordes, Jarmila? Oder sind Sie da anderer Ansicht?«

»Nein.«

»Dann kann ich also annehmen, dass Sie Verständnis erzeugen konnten?«

»Man kann nicht einfach Verständnis erzeugen, wie Sie das nennen, Herr von Bröking. Ich habe versucht, Ihre Botschaft so diplomatisch und schonend rüberzubringen wie möglich. Da in den meisten Fällen kaum Alternativen bestehen, außer auf Ihre Dienste und Fähigkeiten zurückzugreifen, werden die meisten das wohl zähneknirschend schlucken.«

Von Bröking atmete tief durch. »Gut«, sagte er.

»Soll ich Ihnen was zu essen besorgen, Herr von Bröking? Sie hatten heute noch keine Mahlzeit!«

»Danke, aber wenn ich jetzt etwas essen würde, würde mich das nur beim Denken behindern, weil ich dann mit Verdauung beschäftigt wäre.«

»Kaffee?«

»Immer. Etwas Treibstoff für die Nerven kann nie schaden, Jarmila.«

Von Bröking aktivierte die Großbildschirme in seinem Wohn-Arbeitszimmer. Anstatt moderner Gemälde oder Live-Ansichten von Insel-Webcams erschienen dort nun die Programme, mit denen der Privatermittler normalerweise zu arbeiten pflegte.

»Darf ich fragen, was Sie vorhaben, Herr von Bröking?«

»Natürlich, Jarmila.« Von Bröking ließ jetzt auf dem größten Flachbildschirm das Satellitenbild von Norderney erscheinen. Überblendet wurde dies durch die Namen und Bezeichnungen einer Karte. »Ich nehme an, Sie kennen dieses nicht allzu ferne Land, das dort zu sehen ist.«

»Ja, das ist Norderney! Unsere gute alte Insel! Sollte mir daran jetzt etwas auffallen, Herr von Bröking?«

»Sie kennen doch das Schiffswrack am Ende der Insel, Jarmila.«

»Wer kennt das nicht? Das ist doch quasi Legende auf Norderney. Wir beide haben doch dort vor einiger Zeit auch schon mal in einem anderen Fall ermittelt.«

»Naja, wir beide waren damals dort – zusammen mit Lewert und diesem Robbenretterpolizisten. Aber dass Sie jetzt ermittelt haben, ist mir nicht mehr in Erinnerung, Jarmila. Wie auch immer. Kommissar Lewert und ich haben heute dort vor Ort ermittelt und die Leiche dieser Bianca Keller alias Silvana Mendez alias Mareike van Plaat gefunden. Und wer weiß, wie viele Namen diese Frau noch im Laufe der Zeit so getragen hat. Ein richtiges Chamäleon scheint sie gewesen zu sein – mit maskenbildnerischem Schmink-Talent! Natürlich nicht gut genug, um jemanden wie mich letztlich täuschen zu können.«

»Nein, wer könnte das schon!«

»Nun gut. Auf dem letzten Foto, das es von Silvana Mendez gibt, ist im Hintergrund etwas zu sehen, das ich für ein Schiff halte.«

Es dauerte etwas, bis von Bröking das Foto von seinem Handy auf den Rechner übertragen hatte. Dann war es wenig später in starker Vergrößerung auf einem der Großbildschirme zu sehen.

»Wo ist da ein Schiff?«, fragte Jarmila.

»Na, hier natürlich!« Von Bröking markierte den Bereich, den er meinte.

»Das soll ein Schiff sein? Herr von Bröking, dann brauche ich eine Brille!«

»Meiner Ansicht nach ist das ein Schiff. Irgendein Wasserfahrzeug jedenfalls.«

»Könnte das nicht ein Teil von dem Wrack sein, was dahinragt? Das sieht aus, als wäre es damit verbunden …«

»Nein, das gehört nicht zu dem Wrack. Ich war dort und habe das überprüft.«

»Also, wenn Sie da ein Schiff sehen …«

»Ja, ich gebe zu, sehr deutlich ist das nicht.«

»Na, dann brauche ich vielleicht doch keine Brille.«

»Kommissar Lewert und ich gehen von folgender Theorie aus: Frau Mendez wollte sich zu einem bestimmten Zeitpunkt mit den Partnern aus ihrer Drogenorganisation treffen. Und zwar beim Schiffswrack. Zur passenden Zeit kommt ein Schiff vorbei, setzt ein Beiboot aus, und mit dem kommen die Komplizen – und späteren Mörder – an Land. Frau Mendez wird mit einer Schalldämpfer-Pistole erschossen, ihr Leichnam hinter der ersten Dünenkette verscharrt – und dieser verrückte Herr Kortmann hat Teile davon beobachtet und daraus eine andere Geschichte gemacht, die sich von der Wahrheit dadurch unterscheidet, dass er behauptet, die Frau umgebracht, und zwar erwürgt zu haben. Aber das entspricht seinem Wahn. Fakt ist, Frau Mendez – so nannte sie sich zu diesem Zeitpunkt – wurde unmittelbar in der Nähe des Wracks erschossen. Es gibt Patronenhülsen und ein Projektil, die das beweisen. Mutmaßlich geschah das Verbrechen, weil man damit einer befürchteten Verhaftung dieser Frau zuvorkommen wollte. Sie hätte sonst möglicherweise Einzelheiten über die Organisation preisgegeben.«

»Wenn ich das jetzt richtig verstanden habe, gibt es für alles, was mit dem Mord zu tun hat, inzwischen handfeste Beweise – nur die Sache mit dem Schiff ist bislang lediglich eine … Geschichte.«

»Eine Hypothese«, korrigierte von Bröking.

»Ist das nicht nur ein anderes Wort dafür?«

»Jarmila, das führt jetzt zu weit.«

»Ja, aber so als blondes Dummerchen kann ich sowas ja wohl mal fragen!«

»Also zunächst mal hat Dummheit niemals etwas mit der Haarfarbe zu tun. Jarmila! Als mutmaßlich falsche Blondine sollten Sie das doch wissen!«

»Also …«

»Und zweitens kann grundsätzlich jeder alles fragen. Es gibt keine dummen Fragen, sondern nur dumme Antworten. Und die dümmste Antwort ist, wenn man gar keine Antwort hat. Genau das ist leider bei der Frage, die mich im Augenblick vordringlich beschäftigt, der Fall. Ich muss wissen, welches Schiff zum Zeitpunkt, als dieses Foto gemacht wurde, durch die Meerenge zwischen Norderney und Baltrum gefahren ist.«

»Es wird nicht so einfach sein, das herauszufinden«, vermutete Jarmila.

»Geben Sie mir eine Nacht Zeit und ich sage Ihnen voraus, ich weiß dann, was das für ein Schiff war! Und wenn das bekannt ist, ergeben sich dadurch fast zwangsläufig weitere Zusammenhänge, die uns helfen werden, den Fall zu lösen und restlos aufzuklären.«

»Und was haben Sie jetzt vor – in dieser Nacht der Entscheidung oder wie immer man das nennen darf, Herr von Bröking?«

»Schiffe kommen irgendwann irgendwo an oder legen irgendwo anders ab. Das ist registriert und kann in der Regel auch nachvollzogen werden. Aber sobald die draußen auf dem Meer sind …« Von Bröking machte eine wegwerfende Handbewegung. »Aber es gibt zwei Quellen, die uns vielleicht Auskunft darüber geben können. Einerseits die Daten der Schiffstransponder. Man kann die Positionen von mehr als 600.000 Schiffen weltweit im Internet abrufen. Die Daten werden auch auf elektronische Seekarten übertragen. Die Installation so eines Systems ist für jeden Pflicht, der sich auf See bewegt. Das dient der Verhinderung von Kollisionen. Allerdings sind das nur Positionsdaten. Und dann gibt es noch Satellitenbilder! Die werden andauernd aufgenommen von Aberdutzenden Satelliten. Da gibt es auch jede Menge Bildquellen, die ich anzapfen könnte, angefangen von der Nasa bis zum Wetterdienst. Das Problem wird sein, die richtigen Bilder für den richtigen Zeitpunkt zu finden.«

»Ah ja, ich verstehe …«

»Was verstehen Sie?«

»Sie werden sich jetzt sehr viele Bilder ansehen und ich werde sehr viel Kaffee kochen.«

»Ja, so ungefähr könnte man meine Pläne für die nächsten Stunden umschreiben«, stimmte von Bröking zu.

Jarmila deutete auf das Foto, das Tobias Kortmann aufgenommen hatte. »Immerhin war gutes Wetter, wie man da sehen kann«, meinte sie. »Das heißt schon mal, dass die Aussicht besteht, dass man auf diesen Satellitenbildern auch etwas sieht und nicht etwa eine Wolkendecke alles verkleistert.«

»Glück für uns – Pech für die Mörder, würde ich sagen.«

»Herr von Bröking?«

»Ja?«

»Warum hängen Sie sich in diesen Fall so unwahrscheinlich rein?«

»Ich hänge mich in jeden Fall hinein, Jarmila. Das sollte Ihnen inzwischen aufgefallen sein. Was ich tue, hängt in einem hohen Maß von Genauigkeit und Akribie ab – und von der Fähigkeit, große Datenmengen in kurzer Zeit zu durchsuchen. Da können Sie keine halben Sachen machen, das führt zu nichts.«

»Trotzdem – ich werde das Gefühl nicht los, dass Sie in diesem Fall ein besonderes Engagement an den Tag legen.«

»Dann ist das Ihr subjektiver Eindruck, den ich keinesfalls bestätigen kann.«

»Sie verschieben andere Arbeiten deswegen, ich telefoniere stundenlang mit Ihren Klienten und vertröste sie auf spätere Fristen … Das kommt nicht oft bei Ihnen vor, zumal Sie diesmal nicht persönlich in die Sache verwickelt sind, was wir ja auch schon hatten.«

Wieland von Bröking sah seine Assistentin stirnrunzelnd an. »Ich verstehe wirklich nicht, worauf Sie hinauswollen, Jarmila!«

»Könnte es sein, dass Ihr besonderes Engagement in diesem Fall damit zusammenhängt, dass Sie diese Frau zuerst nicht wiedererkannt haben und Sie das wurmt, weil Sie das an Ihrer Unfehlbarkeit in Sachen Gesichtserkennung zweifeln lässt?«

»Ich habe sie doch erkannt!«

»Sie haben Silvana Mendez sofort erkannt. Aber es hat dann nochmal eine ganze Weile gedauert, bis Ihnen aufgegangen ist, dass Silvana Mendez in Wirklichkeit Bianca Keller war, deren Bild Sie ja wohl auch schon mal gesehen hatten.«

»Es gibt andere, die beide Fotos nebeneinander gesehen haben und zuerst nicht glauben wollten, dass es sich tatsächlich um ein und dieselbe Person handelt.«

»Mag ja sein, dass andere noch lahmer waren, die Frau wiederzuerkennen, und dass ohne Ihren Adlerblick das Ganze nie aufgefallen wäre. Und trotzdem wurmt es Sie. Seien Sie ehrlich: Deswegen hängen Sie sich da so rein!«

»Wissen Sie was, Jarmila? Anstatt den Versuch zu unternehmen, mich zu analysieren, können Sie jetzt eigentlich mal Kaffee machen. Sonst bekommen die Täter noch mehr Vorsprung, als sie ohnehin schon haben. Und das wollen wir doch sicher beide nicht, oder?«

»Ich verbuche das mal als eine Bestätigung.«

»Eine Bestätigung? Wofür?«

»Für meine Vermutung, Herr von Bröking. Und jetzt sehe ich zu, dass Sie bis zum Rand mit Kaffee abgefüllt werden, damit Sie die Nacht durchhalten und Ihnen nicht etwa gerade bei dem entscheidenden Satellitenbild die Augenlider zufallen und Sie den Moment der Wahrheit am Ende sogar völlig verpassen!«

Kapitel 13

»Das war hervorragend!«, sagte Lewert, nachdem er gegessen hatte.

Herr Haddinga setzte sich zu ihm an den Tisch im Speiseraum der Pension. »Scholle Finkenwerder Art ist eine Spezialität von mir«, sagte der Pensionswirt. »Allerdings wird das nichts, wenn man nicht die richtigen Zutaten hat.«

»Ich nehme an, da kommt es in erster Linie auf die Scholle an«, glaubte Lewert. »Aber nicht, dass Sie denken, ich wäre irgendwie ein Experte dafür. Kulinarischer Experte bin ich nur beim Essen. Aber wirklich Ahnung habe ich davon nicht.«

»Sie haben schon recht, es kommt auf die Scholle an. Aber es wird immer schwieriger, das Richtige zu kriegen.«

»Wieso?«

»Was soll ich sagen? Waren Sie in letzter Zeit mal im Norderneyer Hafen?«

»Ich komme immer nur her, wenn jemand umgebracht wurde«, sagte Lewert. »Und dann habe ich meistens alle Hände voll zu tun. Da komme ich kaum dazu, mir noch irgendwas anzusehen. Den Norderneyer Hafen sehe ich beim Blick über die Reling der Fähre, wenn sie dort einläuft.«

»Also, was mir auffällt, ist, dass es heute kaum noch Kutter gibt. Krabbenkutter, Fischkutter …« Herr Haddinga machte eine wegwerfende Handbewegung. »Aber das ist überall so. Ob in Greetsiel oder was weiß ich wo. Immer mehr von denen geben auf.«

»Man hört immer, dass die Meere überfischt sind«, meinte Lewert.

»Ja, das stimmt auch. Das gilt für den Hering und sowas. Und es gibt natürlich die Fangquoten. Mein Cousin, der hat einen Krabbenkutter. Und wissen Sie, was dem am meisten zu schaffen macht?«

»Nein.«

»Die Dieselpreise. So ein Kutter, der fährt ja mit Diesel.«

»Ja.«

»Und wenn der rausfährt zum Krabbenfischen, dann muss er ja dahin fahren, wo die Krabben gerade sind.«

»Das leuchtet ein.«

»Zum Beispiel vor Sylt.«

»Das wusste ich gar nicht, dass man da gut Krabben fischen kann.«

»Wissen Sie, was es kostet, von hier aus einmal nach Sylt zu schippern? Da verfeuern Sie Diesel für 500 Euro. Und wenn die Krabben nicht da sind, weil die woandershin geschwommen sind, dann haben Sie die 500 Euro umsonst verfeuert. Verstehen Sie, was ich meine?«

»Ja, das sind natürlich enorme Kosten.«

»Ich meine, inzwischen werden die Krabben ja nicht mehr von Hand gepult, sondern mit Ultraschall. Früher hat man die Krabben ganz nach Marokko gebracht. Da sind die gepult worden und kamen dann zurück an die Nordseeküste. Verrückt, was?«

»Also noch früher kamen die Krabben als überflüssiger Beifang einfach auf den Acker als Dünger«, sagte Lewert. »Das hat mir jedenfalls mein Großvater mal erzählt. Es wäre nie jemandem eingefallen, sowas zu essen. Das ist kein richtiger Fisch.«

»Wie ist das denn mit Ihnen? Sie mögen doch Krabben, oder?«

»Ja.«

»Morgen kriege ich nämlich welche von meinem Cousin. Ich kann sie nur empfehlen. Aber wenn ich das aus der Sicht meines Cousins sehe …«

»Wie meinen Sie das?«

»Na, die Preise, die man erzielen kann, sind lächerlich. Also das zusammen mit den hohen Dieselkosten macht es fast unmöglich, über die Runden zu kommen.«

»Aber Ihr Cousin macht trotzdem weiter?«

»Fischer in vierter Generation. Und der Kutter ist abbezahlt, die neue Maschine, die eingebaut wurde, auch.« Herr Haddinga seufzte schwer. »Da redet man gegen eine Wand. Die Situation wird ja nicht besser. Wissen Sie, was eine Alternative wäre?«

»Was?«

»Ausflugsfahrten für Touristen. Ich glaube, das würde sich mehr lohnen. Aber der Carsten hat da so seine eigenen Ansichten.«

»Der Carsten ist Ihr Cousin.«

»Carsten Haddinga. Ich kaufe ihm immer was ab. Zum Beispiel, wenn er Krabben hat. Aber das hält ihn natürlich nicht über Wasser. 500 Euro einmal nach Sylt! Ich sag, dann bleib doch hier in den Gewässern! Das macht er oft auch. Aber dann bleibt der Fang eben mager. Und er ist ja nicht allein auf See! Da dümpeln ja noch ein paar andere Kutter so vor sich hin.«

»Ich verstehe.«

»Sagen Sie, mit diesem Fall jetzt … Meine Frau sagte mir am Telefon, dass da jetzt endlich eine Leiche gefunden wurde. Sind Sie da denn jetzt schon einen Schritt weitergekommen?«

»Einen Schritt – ja.«

»Sie dürfen natürlich nicht darüber reden, aber wenn sowas hier auf der Insel passiert, dann wünscht man sich immer, dass es möglichst schnell aufgeklärt wird.«

»Glauben Sie mir, Herr Haddinga, ich tue mein Bestes. Aber manchmal muss man schlicht und ergreifend auch die nötige Geduld mitbringen.«

»Ich denk, daran mangelt es bei Ihnen nicht. Aber solange sowas nicht aufgeklärt ist, hat man immer ein ungutes Gefühl, verstehen Sie? Wir wohnen ja schließlich auch hier auf der Insel. Und dann fragt man sich immer, ob so etwas wieder passieren kann. Wo ist man denn heute noch sicher? Nicht mal auf so einer schönen Ferieninsel, wo sich Kaninchen und Robbe gute Nacht sagen.«

»Das Unbehagen, das Sie verspüren, kann ich gut nachvollziehen. Dieses Unbehagen verspüre ich auch. Das ist letztlich der Grund, warum ich im Augenblick hier bin und in dieser Sache nicht lockergelassen habe.«

»Ja, ja … aber je länger sich so etwas hinzieht, desto größer ist ja auch die Wahrscheinlichkeit, dass das weitere Kreise zieht?«

Lewert runzelte die Stirn. »Was meinen Sie mit weiteren Kreisen?«

»Irgendwann kommen die Touristen vielleicht nicht mehr! Eine Insel, auf der Morde vorkommen – wer will denn da Urlaub machen?«

Lewert lächelte verhalten. »Vielleicht ist das auch genau umgekehrt«, meinte er. »Es gibt sicher genauso viele Gäste, die extra dort Urlaub machen wollen, wo schon mal ein Mord begangen wurde.«

Herr Haddinga runzelte die Stirn. »Darüber habe ich noch nie so richtig nachgedacht«, gestand er.

Kapitel 14

Auch am nächsten Morgen stand Lewert sehr früh auf. Für das Frühstück war es noch zu früh. Ganz darauf verzichten, wie am Vortag, wollte er allerdings auch nicht und nahm sich vor, es später einzunehmen. Allerdings hatte das ja schon einmal nicht geklappt. Hauptsache, da sitzt nicht wieder der Herr von Bröking vor der Tür der Wache!, dachte er etwas amüsiert. Aber eigentlich war er natürlich froh darüber, dass es sich gestern so ergeben hatte. Der gemeinsame Ausflug zum Inselende hatte die Ermittlungen in dem Fall schließlich einen ganz entscheidenden Schritt vorangebracht. Jetzt gab es immerhin einen Fall – und nicht nur die Hypothese eines vielleicht mit zu viel krimineller Fantasie ausgestatteten Kommissars.

Lewert nahm sich das Handy vor, das in der Tasche von Silvana Mendez gefunden worden war. Die Erwartung, dass darauf wertvolle Hinweise zu finden waren, lag ja nahe.

Allerdings war diese Silvana Mendez oder Bianca Keller oder Mareike van Plaat wohl ein Profi durch und durch. Das Handy war verschlüsselt und komplett abgeschaltet. Um an die Daten heranzukommen, hätte man den PIN-Code wissen müssen. Nicht, dass sowas unmöglich war, doch das bedeutete ein paar zusätzliche Arbeitsschritte, die am besten auch von jemandem durchgeführt wurden, der sich damit auskannte.

Und so etwas war nun nicht unbedingt Manno Lewerts stärkste Seite.

Vielleicht kam ja Tjark Drönkemeier damit zurecht. Und falls nicht, dann musste man vielleicht doch in den sauren Apfel beißen und das Handy zu den Kollegen der Außenstelle des Landeskriminalamtes Niedersachsen in Oldenburg geben.

Es sollte ja sowieso noch ein Kurier kommen, um die Hülsen und das Projektil mitzunehmen und einem ballistischen Test zuzuführen.

Er sah auf die Uhr.

Jetzt in Oldenburg anzurufen, hatte keinen Sinn. Und dass die Kollegen in Emden schon bei der Autoverleihfirma gewesen waren, gehörte wohl auch ins Reich der Utopie. Das Frühstück in der Pension Haddinga würde aber auch noch etwas dauern.

Lewert seufzte.

Er dachte an das Gespräch vom vergangenen Tag mit Herrn Haddinga und fasste dann einen spontanen Entschluss. Er würde sich jetzt einfach mal Zeit nehmen, um zum Hafen zu gehen. So ein Spaziergang sorgte vielleicht auch für frische Gedanken. Und er war auf jeden Fall früh genug zurück, um das Frühstück bei den Haddingas nicht schon wieder zu verpassen.

*

Um das Frühstück auf jeden Fall nicht zu verpassen, ging Lewert dann doch nicht zu Fuß, sondern nahm den Wagen, mit dem er auf die Insel gekommen war. Acht Minuten brauchte man für die zweieinhalb Kilometer zwischen Polizeiwache und Hafen mit dem Auto. Schnell fahren konnte man hier nirgendwo. Lewert stellte den Wagen am Straßenrand ab und stieg aus. Es war Hochwasser. Von den Schlickflächen des Wattenmeeres war im Moment nichts zu sehen. Die Fluten der Nordsee hatten sie für ein paar Stunden unter sich begraben.

Die Fähre stach gerade in See. Zwischen 6 Uhr morgens und 18 Uhr abends ging sie stündlich – und das ganzjährig und tideunabhängig. Natürlich konnte immer auch das Wetter einen Strich durch die Rechnung machen. Aber im Großen und Ganzen war der Fährbetrieb sehr zuverlässig.

Die Fähre löste sich vom Hafen. Ein Schwarm Möwen folgte ihr. Um diese frühe Uhrzeit waren es vor allem auch Pendler, die sie nutzten. Insulaner, die in Norddeich ihrem Job nachgingen, und umgekehrt Hotelpersonal oder andere Hilfskräfte, die von Norddeich aus zur Insel fuhren, um dort ihrer Arbeit nachzugehen.

Im Laufe des Tages stellten dann die Touristen die Mehrheit der Fahrgäste.

Und ab und zu gab es eine Pendlerin der ganz besonderen Art, dachte Kommissar Lewert. So wie Silvana Mendez. Diesen Namen hatte sie ja wohl zu dem Zeitpunkt getragen, als sie auf die Insel kam, auf der ihr Mörder auf sie warten sollte.

Das Motorengeräusch der Fähre mischte sich mit dem Kreischen der Möwen. Und beides wurde nach und nach etwas leiser – zumal der Wind aus Nordwesten blies und die Geräusche damit eher Richtung Festland trugen als zurück zur Insel.

Lewert ging an den Anlegestellen entlang. Zwei Krabbenkutter fielen ihm auf. Die NEPTUN und die POSEIDON. Der Meeresgott im Doppelpack, dachte Lewert. Einmal lateinisch und einmal griechisch. Die POSEIDON machte auf Lewert den Eindruck, als würde sie bald in See stechen. Drei Männer waren damit beschäftigt, das Schiff flott zu machen.

Die NEPTUN hingegen schien heute nicht auszulaufen. Dort war niemand. Ansonsten wirkten beide Schiffe auf Lewert fast baugleich, wobei er natürlich kein Experte dafür war. Es gab noch ein paar weitere Fischkutter, ein Ausflugsschiff mit der Werbung einer bekannten Biermarke auf dem Zeltdach und natürlich einige Segelyachten.

»Geht's heute raus?«, fragte Lewert einen der Männer, die zur Crew der POSEIDON gehörten.

»Wir müssen«, meinte er, während er sich an der Vertäuung des Kutters am Kai zu schaffen machte. »Sonst verdienen wir nichts.«

»Fahren Sie weit raus?«

»Was glauben Sie denn! Ein paar Seemeilen, mehr können wir uns im Moment nicht leisten.«

»Ich verstehe.«

»Wissen Sie was? In ein paar Jahren, da wird jeder, der heute noch rausfährt, etwas anderes machen. Und Leute wie Sie können sich die Krabben selber fangen.«

»Fahren Sie zufällig durch die Meerenge zwischen Norderney und Baltrum?«, fragte Lewert.

Der Mann sah Lewert mit großen Augen an. »Bin ich bescheuert?«

»Wieso?«
»Wieso sollten wir ganz um die Insel herumfahren?«
»Keine Ahnung. Sagen Sie es mir!«
»Bei Flut geht das noch. Aber bei Ebbe läuft man Gefahr, irgendwo aufzulaufen. Nein, man fährt auf der Westseite vorbei in die offene See.«
»Bin kein Seemann«, sagte Lewert.
»Nicht schlimm.«
»Sagen Sie, welchen Grund könnte es für einen Kutter geben, doch die andere Route zu fahren?«, fragte Lewert.
»Gar keinen«, sagte der Mann. »Jedenfalls nicht, wenn man von Norderney aus losfährt. Vom Festland vielleicht. Aber von hier aus?« Er schüttelte den Kopf. »Da muss man schon bescheuert sein.«
»Erklären Sie es mir!«
Der Motor der POSEIDON wurde bereits angelassen. »Ich habe nicht viel Zeit«, sagte der Mann.
»Dann fassen Sie sich kurz.«
»Sie kennen doch das Schiffswrack, oder?«
»Wer nicht.«
»Ein Schiff ist damals in den 1960ern gestrandet. Ein Muschelsucher wollte es bergen und ist dann selber stecken geblieben. Das ursprünglich gestrandete Schiff ist wieder freigekommen, aber der Muschelsucher liegt da bis heute. Genau das kann einem dort passieren, wenn man so bescheuert ist, diesen Weg zu nehmen!«
»Und was könnte der Grund sein, um so ein Risiko einzugehen?«
»Keine Ahnung!« Der Mann schwang sich auf die POSEIDON. Der Kutter legte jetzt ab. »Da müsste es schon um etwas gehen, das sehr viel wertvoller ist als eine Ladung Krabben!«
Er sagte noch etwas, aber das verstand Lewert nicht mehr, weil der Motor jetzt lauter wurde und die Stimme des Mannes übertönte.
Etwas, das wertvoller ist als eine Ladung Krabben!

Lewert dachte über die Worte des Krabbenfischers nach und dieser Gedanke sollte ihm so schnell nicht mehr aus dem Kopf gehen.

*

Lewert kehrte zur Polizeiwache zurück und stellte den Wagen dort wieder ab. Dann stieg er aus. Er sah, dass in der Wache schon Licht war, was wohl bedeutete, dass Frau Haddinga und Tjark Drönkemeier bereits dort waren.

Lewert ging jedoch erstmal zur nebenan gelegenen Pension, um zu frühstücken. Zwei Tage hintereinander ohne Frühstück, das wäre nun auf jeden Fall zu viel gewesen. Geradezu unzumutbar. Ein Tag mochte ja noch gehen, und die einmalige Gelegenheit, mit von Bröking nach der Leiche zu suchen, konnte das auch rechtfertigen. Aber zwei Tage ohne Frühstück? Das verstieß nach Kommissar Lewerts Auffassung gegen fundamentale Menschenrechte.

»Moin«, begrüßte Herr Haddinga ihn im Frühstücksraum der Pension, in dem inzwischen auch bereits ein paar andere Gäste saßen.

»Moin«, gab Lewert zurück.

»Heute wieder so früh unterwegs?«

»Jo.«

»Ist gar nicht so Ihre Art – eigentlich!«

»Manche Dinge lassen einem eben keine Ruhe.«

»Der aktuelle Fall vermutlich.«

»Hauptsache, der Tag beginnt mit einer Tasse Tee«, meinte Lewert.

Während er dann frühstückte, erreichte Lewert ein Anruf aus Oldenburg auf seinem Handy. Am Apparat war eine Sachbearbeiterin der Außenstelle des Landeskriminalamtes, zu dem auch das rechtsmedizinische Institut gehörte.

»Moin, Herr Lewert«, sagte die Sachbearbeiterin. »Mein Name ist Laureen Hukriede. Ich glaube, wir hatten noch nicht miteinander zu tun.«

»Nee, hatten wir nicht«, bestätigte Lewert.

»Ich wollte Ihnen die vorläufigen Ergebnisse der gerichtsmedizinischen und kriminaltechnischen Untersuchung im Fall Silvana Mendez vorab telefonisch übermitteln und erläutern«, sagte Laureen Hukriede. »Den vollständigen Bericht bekommen Sie natürlich auch noch. Aber im Moment haben wir hier extreme Personalnot.«

»Wie überall«, sagte Lewert.

»Ich freue mich über Ihr Verständnis.«

»Was gibt es denn nun zu berichten?«

»Also, Silvana Mendez starb an zwei aus nächster Nähe abgegebenen Schüssen. Die an der Toten vorhandenen Schmauchspuren und die Verletzungen zeigen das deutlich. Ein Projektil durchschlug den Körper und trat am Rücken wieder aus. Das andere Projektil blieb in der Wirbelsäule stecken und konnte einer ballistischen Untersuchung zugeführt werden. Diese hat ergeben, dass eine Waffe mit einem Schalldämpfer verwendet wurde.«

»Das entspricht unseren Annahmen.«

»Sie wissen ja, ein Schalldämpfer hinterlässt an einem Projektil ebenso unverwechselbare Spuren wie der Lauf einer Waffe. Ein Abgleich mit der Datenbank hat nun zu dem Ergebnis geführt, dass die Waffe bereits einmal benutzt wurde – und zwar ohne Schalldämpfer.«

»Das ist interessant!«

»Es geht um den bisher nicht aufgeklärten Mord an Ansgar Petersen. Die Kripo Norden war damals zuständig. Insofern …«

»Ich erinnere mich an den Fall«, sagte Lewert. »Ansgar Petersen ist damals bei Neuharlingersiel an Land gespült worden. Den Fall hat ein Kollege bearbeitet. Sie haben recht, das konnte nie aufgeklärt werden.«

»Das wäre im Moment alles, Herr Lewert.«

»Heute soll ja noch ein Kurier kommen und Beweismaterial zu Ihnen nach Oldenburg bringen. Darunter das zweite Projektil, das den Körper von Silvana Mendez durchschlagen hat, und zwei Patronenhülsen. Vielleicht haben wir Glück und da sind Fingerabdrücke dran.«

»Der Kurier ist bereits unterwegs, Herr Lewert.«

»Und es gibt ein Handy sowie eine halbe Million Euro in bar.«

»Falschgeld?«

»Nein, danach sieht es nicht aus. Ohne dass ich jetzt ein Experte dafür wäre. Aber möglicherweise können Ihre Experten ja noch etwas darüber herausfinden.«

»Gut, Herr Lewert. Der vollständige Obduktionsbericht und der Bericht der Ballistik werden dann, so schnell es geht, an Sie übersandt.«

»Ich danke Ihnen sehr.«

»Ich hoffe, wir konnten Ihre Ermittlungen unterstützen.«

»Das konnten Sie ganz bestimmt.« Lewert beendete das Gespräch. Er nahm einen ausgiebigen Schluck Tee und rief dann auf dem Kommissariat in Norden an.

»Moin, Manno!«, meldete sich sein Kollege, Kommissar Oldendorf. »Ich habe gehört, du machst jetzt doch keinen Urlaub auf Norderney, sondern musst richtig arbeiten, weil tatsächlich eine Leiche gefunden wurde!«

Auf die spitzen Bemerkungen seines Kollegen ging Lewert gar nicht erst ein.

Er kam stattdessen gleich zur Sache.

»Du hast doch damals, vor vier Jahren, den Fall Ansgar Petersen bearbeitet.«

»Meinst du den, der in Neuharlingersiel hinter dem Deich gefunden wurde?«

»Genau.«

»Leider konnten wir nie herausfinden, wieso der erschossen wurde.«

»Das ändert sich vielleicht bald. Ich muss alles über den Fall wissen …«

Kapitel 15

Kommissar Lewert begab sich nun zur Norderneyer Wache. Schon bevor er eintrat, bemerkte er Wieland von Brökings Wagen auf dem Parkplatz. Außerdem stand da auch noch ein Fahrzeug mit Oldenburger Kennzeichen. Das musste wohl der erwartete Kurier sein.

Lewert betrat die Wache.

Drinnen herrschte Stimmengewirr, das sofort verstummte, nachdem der Kommissar eingetreten war.

»Moin allerseits«, sagte Lewert.

Drönkemeier, Jarmila, von Bröking, Frau Haddinga und ein Lewert unbekannter Mann in den mittleren Jahren befanden sich im Raum. Letzterer musste wohl der Kurier sein.

Ein ziemlich ungeordneter Chor von Begrüßungen kam Lewert nun entgegen.

»Ja, jetzt lernen Sie doch noch unseren Kommissar kennen«, ergriff dann Tjark Drönkemeier das Wort und wandte sich an den Kurier. »Oder gibt es da noch was zu besprechen, Manno?«

Aber Lewert schüttelte den Kopf. »Hauptsache, Sie haben alles dabei, was mit muss«, sagte der Kommissar.

»So ist es«, meinte der Kurier. »Ich muss mich dann jetzt auch auf die Socken machen. Ihren Tee trinke ich ein andermal, Frau Haddinga, sonst komme ich nicht mehr auf die nächste Fähre!«

Und damit verließ er dann auch schon die Wache.

Lewert wandte sich an von Bröking. »Schön, Sie zu sehen, Herr von Bröking. Ich nehme an, Sie haben etwas Neues zum Fall herausgefunden – oder kommen Sie tatsächlich einfach nur so zu Besuch, weil Sie etwas mit Herrn Drönkemeier plaudern wollen?«

Wieland von Bröking bedachte Drönkemeier mit einem kurzen Seitenblick, rümpfte dann kurz die Nase und meinte: »Sie können sich bei mir bedanken, Herr Lewert.«

»Ich weiß, dass ich tief in Ihrer Schuld stehe. Aber was meinen Sie jetzt genau im Einzelnen?«

»Ich habe den Fall für Sie gelöst. Alle Fragen, die jetzt nicht zu klären sind, sind gewissermaßen Kleinigkeiten.«

»Sowas höre ich gerne«, sagte Lewert. »Dann schießen Sie mal los! Ich bin sehr gespannt.«

»Manno, der will an unseren Rechner«, mischte sich nun Tjark Drönkemeier ein.

»Weil ich einen Großbildschirm brauche. Sonst können Sie nicht sehen, was ich gesehen habe.«

»Dann würde ich sagen, lassen wir den Meister mal vorführen, was er uns zeigen will«, sagte Lewert.

»Ich danke für Ihr Vertrauen«, sagte von Bröking. »Ich habe einen Stick mit Daten dabei. Und ich versichere Ihnen, dass er nicht virenverseucht ist und sich auch keine selbstinstallierende Spionagesoftware darauf befindet.«

»Nun machen Sie schon, Herr von Bröking«, mischte sich Jarmila ein. »Sonst gehen uns die Mörder am Ende noch durch die Lappen, weil wir zu lahm sind! Und dann hätten Sie sich am Ende die ganze Nacht umsonst um die Ohren geschlagen!«

Von Bröking setzte sich an den Platz vor dem Rechner. Wenig später erschien das letzte Foto von Silvana Mendez auf dem Flachbildschirm. Von Bröking deutete auf eine ganz bestimmte Stelle. »Ich hatte Sie ja bereits während unseres gemeinsamen Dünenspaziergangs zum Schiffswrack auf diese Stelle dort aufmerksam gemacht.«

»Sie meinten, dass das ein Wasserfahrzeug sei.«

»Ich bin nach wie vor überzeugt davon. Wir haben ja die Geschichte Ihres überaus glaubwürdigen, wenn auch psychisch leicht angeknacksten Zeugen Kortmann, der von einem Boot und gelandeten Komplizen sprach. Die entscheidende Frage war doch nun: Welches Schiff befand sich zur fraglichen Zeit genau in der Position, die zu dem Bild passt und die es möglich machen würde, ein Beiboot auszusetzen und zum Schiffswrack zu fahren?«

»Ich hatte heute ein interessantes Gespräch mit einem Krabbenfischer«, sagte Lewert. »Demnach würde nur jemand, der bescheuert ist, die Route durch die Meerenge zwischen Baltrum und Norderney nehmen.«

»Das hängt immer davon ab, welches Ziel Sie haben, Herr Lewert! Das werden Sie gleich sehen.«

»Heißt das, Sie haben ein Schiff gefunden, das zu unseren Daten passt?«, hakte Lewert nach.

»Zum Glück gibt es so etwas wie Satellitenbilder. Und die sind heute so hochauflösend, dass man bei gutem Wetter wirklich sehr viel erkennen kann. Ich habe viele Bilder ansehen müssen, bis ich schließlich gefunden habe, was ich suchte …«

Auf dem Flachbildschirm erschien ein Satellitenbild. Dann die Vergrößerung eines Ausschnitts, danach eine noch stärkere Vergrößerung.

Zunächst war da kaum ein Fleck zu sehen, dann wurden die Konturen deutlicher.

»Könnte ein Krabbenkutter sein«, meinte Frau Haddinga. »Der Cousin von meinem Mann hat sowas.«

»Das ist ein Krabbenkutter«, bestätigte von Bröking. »Und der trägt auch einen Namen.« Es wurde eine noch stärkere Vergrößerung eingeblendet. Die war stark verpixelt und sehr grobkörnig. Aber der Name in Großbuchstaben war trotzdem zu erkennen.

»NEPTUN«, murmelte Lewert. Der Kommissar wirkte ziemlich erstaunt.

»Tja, manche Leute haben nicht viel Fantasie bei der Benennung ihrer Schiffe«, spottete von Bröking. »Entweder der Name der Ehefrau des Eigners oder irgendein Meeresgott in wahlweise lateinischer oder griechischer Form. Hier wird möglicherweise ein Boot ausgesetzt.« Ein weiteres Bild erschien.

»Ich sehe da nur einen dunklen Fleck auf dem Wasser«, meinte Drönkemeier.

»Tja, das ist das Problem: Es könnte ein Boot sein – oder nur ein Fleck, der entsteht, weil die Sonne an der Stelle anders reflektiert wird. Zum Beispiel durch Seetang oder Treibgut. Ich gebe zu, dass man das nicht genau sagen kann. Aber es ist sehr unwahrscheinlich, dass ein Fleck, der etwas anderes ist als ein Boot, sich systematisch zur Inselspitze von Norderney bewegt.«

»Sagen Sie bloß, Sie haben jetzt auch noch Fotos der Täter«, meinte Drönkemeier.

»Leider nicht, Herr Drönkemeier«, gab von Bröking zu. »Da habe ich leider nichts gefunden. Das muss nicht heißen, dass nichts existiert, aber selbst wenn, dann könnte man allenfalls nachweisen, dass Personen dort waren. Und auch das ist schon schwierig. Und abgesehen davon: Ein bisschen Arbeit muss ich Ihnen ja auch noch überlassen, Herr Lewert!« Er wandte sich an den Kommissar.

»Es ist mir gelungen, anhand von Satellitenbildern und den Daten der Schiffstransponder die Route zu rekonstruieren, die dieses Schiff genommen hat. Was soll ich sagen? Zum Krabbenfischen waren die nicht da draußen.«

»Wozu dann?«, wollte Drönkemeier wissen.

Von Bröking ließ weitere Satellitenaufnahmen auf dem Bildschirm erscheinen. »Die NEPTUN kreuzte den Kurs eines Frachters, der unter der Flagge Panamas fährt und einem spanischen Reeder gehört, der seit Langem im Verdacht steht, Teil eines Drogenkartells zu sein. Dieser Frachter wiederum fährt regelmäßig Hamburg an – mit ganz gewöhnlicher Fracht. Offenbar sind aber auch Drogen an Bord.«

»Und Kutter wie die NEPTUN holen die ab und verteilen sie weiter«, schloss Lewert.

»Und Silvana Mendez kam regelmäßig nach Norderney, um für die Organisation abzukassieren«, schloss von Bröking. »Nur dieses Mal bestand wohl von ganz oben eine andere Order. Frau Mendez musste aus dem Weg geschafft werden.«

»Norderney ist wohl nicht der einzige Ort gewesen, wo sie abkassiert hat«, meinte Lewert. »Sobald wir Zugang zu ihren

Handydaten haben, wird vielleicht klar, wo sie sonst noch war. Aber das würde das Bargeld erklären.«

»Wir können uns beglückwünschen, Herr Lewert. Unsere Theorie war richtig. Nur können wir vermutlich wenig davon beweisen. Die NEPTUN …«

»… liegt im Hafen von Norderney«, vollendete Lewert.

»Das kann kaum Zufall sein«, glaubte von Bröking und hob aufmerksam die Augenbrauen.

»Ich habe sie heute Morgen gesehen«, sagte Lewert. »Und sie machte nicht den Eindruck, als würde sie heute auslaufen und Krabben fischen.«

»Ich denke, die Besatzung fischt was ganz anderes«, meinte von Bröking. »Kann man ihr angesichts der schlechten Konjunktur in der Fischerei ja auch nicht wirklich verübeln, oder?«

»Jetzt wollen Sie aber doch nicht etwa Drogenhandel entschuldigen?«, empörte sich Drönkemeier.

Von Bröking seufzte hörbar. »Sie trauen mir anscheinend nur das Schlimmste zu, Herr Drönkemeier.«

»Ich habe auch ein paar Neuigkeiten im Zusammenhang mit der NEPTUN«, erklärte Lewert. »Die Waffe, mit der Frau Mendez getötet wurde, ist bereits bei einer anderen Straftat benutzt worden: Vor vier Jahren wurde bei Neuharlingersiel ein Mann namens Ansgar Petersen angespült. Er war mit dieser Waffe erschossen worden. Sein letzter Arbeitsplatz war die NEPTUN auf Norderney …«

»Das ist interessant!«, stieß von Bröking hervor.

»Der Besitzer der NEPTUN – ein gewisser Hartmut Klocke – ist damals vernommen worden. Aber natürlich gab es keinerlei Anhaltspunkte dafür, dass er etwas mit der Tat zu tun haben könnte, die letztlich nie aufgeklärt wurde. Aber jetzt ergibt sich ein Zusammenhang.«

»Also zumindest einen Durchsuchungsbeschluss, um nach der Tatwaffe zu suchen, müsste das in Verbindung mit diesen Bildern rechtfertigen«, war Drönkemeier überzeugt.

»Da sind Sie aber ziemlich optimistisch«, meinte Lewert. »Etwas mehr brauchen wir da schon.«

»Den Besitzer der NEPTUN kenne ich«, sagte Drönkemeier. »Da hat es vor einiger Zeit mal einen kleinen Zusammenstoß mit einem Ausflugsschiff gegeben und dann war hinterher die Frage, wer den Schaden bezahlt.«

»Und du musstest das regeln?«, wunderte sich Lewert.

»Sonst gibt es keinen Polizisten hier.«

»Und wer musste dann den Schaden bezahlen?«, hakte Lewert nach.

»Der NEPTUN-Besitzer. Es gibt auch auf See gewissermaßen Verkehrsregeln.«

»Mal angenommen, die schippern wirklich mit Drogen durch die Gegend …«, meinte Lewert dann, »… bringen die von einem Frachter ans Festland oder auf die Insel … Vielleicht wollte dieser Ansgar Petersen das nicht mehr mitmachen und ist damals deswegen umgebracht worden.«

»Draußen auf See erschossen, dann über Bord«, stellte von Bröking fest. »Das klingt plausibel.«

»Wer arbeitet alles für diesen Herrn Klocke?«, fragte Lewert nun an Drönkemeier gewandt.

»Die sind zu dritt. Der hat den Kutter von seinem Vater übernommen, nachdem der gestorben ist. War noch gar nicht so alt. Aber wie das so ist: Herzinfarkt und viele Sorgen, weil die Zukunft der Fischerei ja nicht unbedingt besonders rosig aussieht. Die, die da früher gearbeitet haben, sind da auch nicht mehr beschäftigt. Das sind andere. Die kommen nicht von der Insel.«

»Wie wollen Sie das beurteilen?«, fragte von Bröking.

»Glauben Sie mir, ich kann das beurteilen«, versicherte Drönkemeier. »So viele Leute, wie ich hier kenne! Und dann in so einem Gewerbe, wo die Fluktuation nun wirklich nicht sehr groß ist.«

»Wir müssen uns langsam an die Sache herantasten«, meinte Lewert. »Gehen wir mal davon aus, dass unser Verdacht stimmt, und dieser Klocke und seine Leute sind im Drogengeschäft und der Krabbenkutter ist dafür noch die Fassade.

Und weiter angenommen, die haben zwei Menschen aus dem Weg geräumt. Dann ist mit denen nicht zu spaßen.«

»Aber wenn wir nicht schnell genug zuschlagen, dann ist am Ende die Tatwaffe weg und jegliches Beweismaterial auch«, gab Drönkemeier zu bedenken.

»Die haben nach dem Mord an Petersen die Waffe auch nicht weggeworfen«, stellte Lewert fest. »Warum sollten sie das diesmal getan haben?« Der Kommissar schüttelte den Kopf. »Ich denke, dazu hatten die keinen Anlass. Die glauben, dass sie davonkommen. Wie beim letzten Mal auch.«

»Man muss leider befürchten, dass Sie mit dieser Einschätzung richtigliegen können«, glaubte von Bröking. »Die Schwierigkeit dürfte letztlich sein, irgendeinem – entweder Klocke oder einem seiner Leute – den Mord nachzuweisen.«

»Deswegen gehen wir Schritt für Schritt vor«, bestimmte der Kommissar. »Als Erstes will ich, dass Klockes Angestellte überprüft werden. Ich muss alles wissen, was es über die herauszufinden gibt. Möglicherweise gibt es da interessante Verbindungen.«

»Ich biete da gerne meine Mithilfe an«, sagte von Bröking. »Ich halte es für so gut wie ausgeschlossen, dass keiner von denen irgendwann mal polizeilich aufgefallen ist.« Er wandte sich an Drönkemeier. »Nicht nur hier, in Ihrem kleinen Inselreich, Herr Drönkemeier, sondern vielleicht irgendwo anders. Und Gesichter erkennen ist ja meine Spezialität.«

*

Am späten Vormittag besuchte Kommissar Lewert Ubbo Jörns. Der bewohnte zusammen mit seiner Frau einen Bungalow auf Norderney. Früher war er mit dem alten Klocke und der NEPTUN auf Krabbenfahrt gegangen. Inzwischen hatte der damit nichts mehr zu tun. Er arbeitete nun schon seit Jahren als Hausmeister in der Norderneyer Grundschule.

All das hatte Lewert von Tjark Drönkemeier gehört.

Und auch Frau Haddinga war einiges davon bekannt.

»Der Cousin meines Mannes ist ja Fischer, und es wird immer viel erzählt«, hatte Lewert ihre Worte noch im Ohr. »Der kennt den Ubbo gut. Am besten, man trifft ihn in der Mittagspause.«

Der Bungalow lag direkt neben der Grundschule. Vermutlich die Dienstwohnung des Hausmeisters.

Lewert klingelte an der Tür.

Ein Mann im blauen Kittel öffnete. Lewert schätzte ihn auf Anfang sechzig.

»Moin Herr Jörns.«

»Moin. Sie sind der Kommissar?«

»So ist es. Wir hatten telefoniert.«

»Kommen Sie herein. Zurzeit sind ja Sommerferien, da kann ich die Mittagspause auch ein bisschen ausdehnen.«

»Was haben Sie denn in den Sommerferien in der Schule zu tun?«

»Oh, da gibt es einiges! Zum Beispiel muss ich Tische von einer Klasse in die andere tragen, weil sich in manchen Klassen die Schülerzahl verändert hat. Und es steht eine Grundreinigung im ganzen Gebäude an und außerdem der Heizungscheck. Das können wir nicht im Winter machen. Wenn ich dann merke, dass was nicht funktioniert, ist es zu spät und hier tanzt der Bär, weil Anrufe von den Eltern kommen. Naja, die Grundschule in Norderney ist ja nun nicht gerade eine riesige Einrichtung. Hält sich alles in Grenzen.«

»Gemütlicher Job?«

»Alles in allem ja.«

»Gemütlicher als das Krabbenfischen früher?«

»Das auf jeden Fall!«

Sie erreichten das Wohnzimmer. Dort befand sich auch Frau Jörns, die gerade den Tee serviert hatte. Herr Jörns stellte sie kurz vor. »Setzen Sie sich doch, Herr Kommissar!«, sagte er.

»Tee trinken Sie doch sicher auch!«, glaubte Frau Jörns.

»Ja sicher.« Lewert zeigte den beiden noch kurz seinen Dienstausweis. »Hier, damit Sie auch glauben, wer ich bin.«

»Ja, immer gut, wenn man korrekt ist«, meinte Ubbo Jörns.

Lewert setzte sich.

Frau Jörns goss ihm Tee ein.

»Vor vier Jahren wurde ein gewisser Ansgar Petersen mit einer Kugel im Körper bei Neuharlingersiel angespült«, sagte Lewert. »Petersen arbeitete auf dem Krabbenkutter NEPTUN, auf dem auch Sie jahrelang mitgefahren sind.«

»Ich habe das damals gehört«, sagte Herr Jörns. »Der Fall konnte doch nie geklärt werden.«

»Wir haben die Ermittlungen wieder aufgenommen«, stellte Lewert fest.

»Ich kannte den Ansgar. Der war eine ganze Ecke jünger als ich und hat auf der NEPTUN erst angefangen, als meine Zeit schon fast vorbei war.«

»Gut, dass er nicht mehr Krabben fischen geht, mein Ubbo«, sagte Frau Jörns. »Seitdem ist er viel mehr zu Hause!«

»Warum haben Sie damals auf der NEPTUN aufgehört?«

»Das war, nachdem der alte Herr Klocke überraschend gestorben ist. Da wollte ich nicht mehr. Und dann kam die Gelegenheit, hier den Hausmeisterposten zu übernehmen, und die habe ich wahrgenommen.«

»Warum wollten Sie nicht mehr?«

»Weil dann sein Sohn übernommen hat. Hartmut Klocke. Da wurde alles anders. Und ich war auch eigentlich überflüssig.«

»Wieso?«

»Da kamen so zwei von auswärts. Benno Frerichs und Sven Meinert. Die kamen gar nicht von der Insel, sondern sind Kumpels von Hartmut gewesen. Von Seefahrt und Fischerei hatten die nicht so viel Ahnung. In der Anfangszeit habe ich denen noch gezeigt, wie es geht, aber …« Er holte tief Luft. »Das war mühsam mit denen.«

»Und in der Zeit kam auch Ansgar Petersen dazu?«

»Ja. Der stammt ja hier von der Insel und hatte noch am ehesten Ahnung von der Sache. Ich glaube, der ist vorher auch schon mal auf einem anderen Kutter mitgefahren. Tja, aber als der Hartmut dann alles übernahm, da wurde dann vieles anders.«

»Können Sie das näher beschreiben?«

»Also, der Hartmut war schon früher auch mal mit uns mitgefahren. Als der Vater noch lebte und das Sagen hatte. Aber die beiden haben sich oft gestritten. Und Hartmut meinte, die Sache mit der Fischerei, die hätte überhaupt keine Zukunft. Man müsste andere Geldquellen auftun.«

»Woran dachte Hartmut da?«

»Das weiß ich nicht. Die Rede war mal davon, die NEPTUN in einen Ausflugsdampfer zu verwandeln. Aber da war der alte Herr Klocke ja sowieso strikt dagegen. Und bis heute hat Hartmut das auch nicht gemacht.«

»Was, glauben Sie, ist der Grund?«

»Auch so ein Ausflugsschiff ist ja nicht unbedingt auf Rosen gebettet. Sowas zu etablieren ist nicht so einfach und auch mit erheblichen Risiken verbunden. Ich kenne inzwischen ein paar Leute, die damit baden gegangen sind.« Dann sah er Lewert an und meinte: »Denken Sie, dass der Mord an Ansgar Petersen etwas mit der NEPTUN und allem drumherum zu tun hat?«

»Das versuchen wir gerade zu ermitteln«, sagte Lewert.

»Ich bin ja damals nicht gefragt worden«, sagte Ubbo Jörns. »Ich meine damals, als der Ansgar in Neuharlingersiel gefunden wurde. Aber der Hartmut Klocke, der ist befragt worden! Das habe ich jedenfalls gehört. Da kam so ein Kollege von Ihnen.«

»Der Herr Oldendorf.«

»Ich hab das ja nur aus zweiter Hand. Kann sein, dass der so hieß.«

»Ubbo, dann sag doch dem Kommissar jetzt auch mal das, was du mir damals gesagt hast, als der Ansgar gefunden wurde«, drängte Frau Jörns.

»Was meinst du denn?« Herr Jörns sah seine Frau zunächst etwas unschlüssig an.

»Na, dass der Hartmut Klocke eine Pistole hat – oder jedenfalls früher mal hatte!«

Da hakte Lewert natürlich sofort ein. »Hartmut Klocke besitzt eine Pistole?«

»Ja«, nickte Ubbo Jörns. »Mit Schalldämpfer. Die hatte er schon, als der alte Klocke noch lebte. Da habe ich mal gesehen, wie er im Garten der Klockes damit schießen trainiert hat. Durch den Schalldämpfer konnte man davon nichts hören. Das hätte sonst vermutlich auch Ärger mit den Nachbarn gegeben. Ist auch gar nicht erlaubt, einfach so herumzuballern, vermute ich mal.«

»Da vermuten Sie richtig«, sagte Lewert.

»Ich habe mich sowieso über manches gewundert«, fuhr Ubbo Jörns dann fort. »Ich meine, ich bin so lange auf der NEPTUN gefahren, da interessiert einen natürlich, wie es dort weitergeht. Auch wenn man selbst nicht mehr dabei ist. Aber so selten, wie die NEPTUN später rausgefahren ist, hätte Hartmut Klocke damit eigentlich pleitegehen müssen. Ich habe mich immer gefragt, wie sich das bei denen rechnet und ob da auch alles mit rechten Dingen zugegangen ist. Sagen Sie mal, Herr Kommissar, Sie stellen doch eigentlich hier die Fragen.«

»Ja, so läuft das normalerweise.«

»Kann ich Ihnen auch mal eine Frage stellen?«

»Sicher.«

»Könnte es sein, dass der Ansgar Petersen erschossen wurde, weil er irgendwas darüber herausgekriegt hat, womit der Hartmut in Wahrheit sein Geld verdient? Denn Geld hat er verdient. Er selbst und die beiden anderen fahren dicke Autos. So dicke Autos, wie ich mir nicht leisten könnte, und beim alten Klocke habe ich sowas auch nicht gesehen!«

Kapitel 16

Am frühen Abend fand eine polizeiliche Großaktion statt, wie sie auf Norderney selten war. Kommissar Lewert hatte dafür eigens um Zusatzkräfte vom Festland gebeten, denn er und sein Kollege Drönkemeier konnten so etwas unmöglich allein bewältigen. Inzwischen lag auch ein Durchsuchungsbeschluss vor – für die NEPTUN, für das Privathaus von Hartmut Klocke und für den dazugehörigen Bootsschuppen. Es ging darum, die mutmaßliche Tatwaffe sicherzustellen. Hartmut Klocke, Benno Frerichs und Sven Meinert wurden zur Norderneyer Wache gebracht, um sie dort verhören zu können.

Als Kommissar Lewert schließlich Hartmut Klocke gegenübersaß, war es bereits Abend. Das hatte mit den Nachforschungen rund um die NEPTUN und den Durchsuchungen zu tun.

»Herr Klocke, mein Name ist Kommissar Lewert. Ich erkläre Ihnen hiermit die vorläufige Festnahme.«

»Festnahme? Ich habe keine Ahnung, was das alles soll!«, behauptete Klocke.

»Wir haben bei der Durchsuchung Drogen in nicht unerheblichem Ausmaß sichergestellt. Und außerdem eine Waffe, die die Tatwaffe in zwei Mordfällen war: Silvana Mendez und Ansgar Petersen.«

»Das ist lächerlich. Ich besitze eine Waffe, das ist richtig. Um mich vor Einbrechern und Dieben zu schützen. Die Polizei unternimmt in solchen Fällen ja nichts, wenn zum Beispiel Betrunkene meinen Kutter beschädigen, von dem ich leben muss!«

»Sie leben schon lange nicht mehr von den Fischereierträgen Ihres Kutters«, stellte Lewert fest. »Stattdessen schmuggeln Sie Drogen. Diese Drogen werden von Frachtern einer panamaischen Reederei angeliefert, mit denen Sie auf See ein Rendezvous vereinbaren. So waren Sie Teil eines Verteilernetzwerks, organisiert von einer Frau, die ursprünglich mal Bianca

Keller hieß, aber danach auch unter den Namen Silvana Mendez und Mareike von Plaat auftrat, möglicherweise gab es auch noch weitere Identitäten, die von ihr verwendet wurden. Irgendwann muss es einen Streit zwischen Ihnen und Ansgar Petersen gegeben haben. Vielleicht wollte er nicht mehr mitmachen. Aber aussteigen gibt es in diesem Geschäft nicht. Es sei denn, man verlässt so ein Geschäft im Sarg – oder wird als Leiche in Neuharlingersiel angespült. Wir nehmen an, dass Sie Ansgar Petersen draußen auf See erschossen haben. Die Flut hat ihn dann irgendwann bei Neuharlingersiel angespült. Aber das Projektil, das in seinem Körper steckte, wurde mit Ihrer Waffe abgefeuert, das steht fest.«

»Ich werde nichts mehr sagen, bis mein Anwalt kommt.«

»Das brauchen Sie auch nicht. Ich nehme an, dass Ihre Komplizen Benno Frerichs und Sven Meinert sehr viel auskunftsfreudiger sein werden. Denn Drogenhandel kann auch ein schlimmes Delikt sein – aber Mord ist etwas anderes.«

»Pah!«

»Silvana Mendez kam in regelmäßigen Abständen nach Norderney und hat den Anteil der Organisation eingesammelt, von der Sie und Ihre Männer ein Teil waren. Das war nicht der einzige Ort, wo sie abkassiert hat. Wir sind erst noch dabei, dieses Netzwerk genau zu rekonstruieren. Aber wir wissen eines: Sie haben sie am Ostende von Norderney erschossen, dann zusammen mit einem Ihrer Komplizen hinter den ersten Dünenkamm getragen und notdürftig mit Sand bedeckt. An den Patronenhülsen, die wir gefunden haben, waren Fingerabdrücke, wie ich inzwischen von der Außenstelle des LKA in Oldenburg erfahren habe. Wir werden auch von Ihnen Fingerabdrücke nehmen und ich gehe davon aus, dass die mit denen an den Patronenhülsen übereinstimmen.«

»Warum hätte ich diese Frau umbringen sollen?«

»Ich nehme nicht an, dass Sie das selbst entschieden haben. Ich glaube, dass es eine Entscheidung der Organisation war und Sie dazu bestimmt wurden, die Tat auszuführen. Sie hatten schon einen Mord begangen. Warum nicht einen zweiten? Die

Bosse im Hintergrund wussten, dass Sie so etwas zuverlässig ausführen würden. Man rechnete damit, dass Silvana Mendez in Kürze enttarnt werden würde, und das hätte eine Gefahr für alle Beteiligten bedeutet.« Lewert beugte sich etwas vor. »Wenn Sie jetzt etwas über Ihre Hintermänner sagen wollen, wäre nun der richtige Zeitpunkt, Herr Klocke.«

*

Zwei Tage später klingelte Kommissar Lewert an der Tür von Wieland von Brökings Bungalow in Nordhelm.

Jarmila öffnete die Tür.

»Moin, Herr Lewert.«

»Moin.«

»Der Meister ist bei der Arbeit, aber ich nehme an, für Sie nimmt er sich Zeit!«

»Ich wollte mich eigentlich auch nur kurz verabschieden, bevor ich wieder zum Festland zurückkehre.«

»Kommen Sie herein!«

»Gerne.«

Lewert folgte Jarmila ins Innere des Bungalows. Sie führte ihn geradewegs in das Wohn- und Arbeitszimmer hinein. Die Großbildschirme zeigten unzählige Gesichtsfotos aus irgendeinem Datenspeicher und von Bröking sah sie sich äußerst konzentriert an.

»Kleine Unterbrechung, Herr von Bröking! Der Kommissar will sich verabschieden!«

Von Bröking seufzte. »Tja, da versucht man den Arbeitsrückstand aufzuholen, in den man nur geraten ist, weil man seine Bürgerpflicht getan und die Polizei unterstützt hat …«

»Bin auch gleich wieder weg, Herr von Bröking«, sagte Lewert.

»Gott sei Dank. Dann ist bis zur nächsten Leiche auf Norderney ja mit keiner weiteren Störung zu rechnen.«

»Ihre Hilfe wird natürlich als gutachterliche Tätigkeit zur Unterstützung unserer Ermittlungen abgerechnet – so wie immer«, stellte Lewert klar. »Und ansonsten wollte ich mich bei Ihnen bedanken. Ohne Sie wäre der Fall nicht gelöst worden.«

»Das stimmt allerdings«, sagte von Bröking. »Sagen Sie, hat dieser Hartmut Klocke nun eigentlich über seine Organisation ausgepackt? Das wäre doch der ideale Zeitpunkt für einen Schlag gegen die Drogenmafia im gesamten Nordseeküsten-Bereich, wenn ich das richtig sehe.«

»In dieser Hinsicht schweigt er eisern«, gab Lewert zurück. »Und ich fürchte, das wird auch so bleiben.«

»Warum? Aus Angst?«

»Ja. Er geht davon aus, dass der lange Arm einer solchen Organisation auch in jedes Gefängnis hineinreichen würde.«

»Mit dieser Befürchtung hat er nicht ganz unrecht, oder?«

»Vielleicht überlegt er es sich ja noch. Als Kronzeuge würde seine Strafe ja eventuell reduziert. Hartmut Klocke hat immerhin zwei Morde begangen. Einfach laufen lassen und irgendwo neu anfangen, das macht kein Staatsanwalt und kein Gericht mit.«

Von Bröking hob die Augenbrauen. »Irgendwie deprimierend, nicht wahr? An die Hintermänner wird man nicht herankommen.«

»So ist das manchmal. Ich soll Sie übrigens von Herrn Drönkemeier herzlich grüßen.«

»Was macht der zurzeit? Rettet er eine Robbe oder hat er dafür keine Zeit mehr, weil er mit der Presse flirten muss? Naja, man kann nicht alles haben …«

»Wie auch immer: Ich wünsche Ihnen alles Gute und bis zum nächsten Mal.«

»Danke gleichfalls. Übrigens habe ich unseren Austausch während unseres gemeinsamen Dünenspaziergangs sehr genossen. Vielleicht habe ich Sie unterschätzt, Herr Lewert, und Sie sind gar nicht so langsam im Denken, wie ich immer dachte.«

»Na, dann besteht ja noch Hoffnung für mich«, lächelte Lewert hintergründig.

»Wissen Sie, was mich an diesem Fall zutiefst in Erstaunen versetzt hat?«

»Nein.«

»Dass ich so einen Fall mit meiner Gedankenschärfe und intellektuellen Brillanz nahezu im Alleingang kombinieren muss, bin ich ja gewohnt. Aber dieses Mal gab es noch einen zweiten Faktor, der mindestens genauso wichtig war.«

»So?«

»Das falsche Geständnis eines erwiesenermaßen Verrückten. Ohne dessen wirres Gerede hätte es gar keinen Fall gegeben und die NEPTUN würde sich in Kürze wieder mit einem panamaischen Frachter treffen und Drogen an Bord nehmen. Über den Umstand, dass die Aussage eines Verrückten gleichrangig neben meinem eigenen Beitrag zur Lösung des Falls dasteht, muss ich erst noch hinwegkommen. Die philosophische Frage, die dahintersteht, ist doch: Kann es sein, dass aus Unsinn etwas Sinnvolles entsteht?«

»So ist das Leben«, meinte Lewert.

Von Bröking runzelte die Stirn. »Ach ja?«

»Sie werden das schon irgendwann verarbeiten«, war Lewert zuversichtlich.

ENDE

Ostfrieslandkrimi-Empfehlungen des Klarant Verlages

Kennen Sie auch schon die spannende Ostfrieslandkrimi-Reihe **»Kommissar Steen ermittelt zwischen Dollart und Großem Meer«** von **Alfred Bekker**?

Steen ist ein Ostfriese, wie er im Buche steht, um die 50, trägt einen alten Bundeswehr-Parka und die landestypische Prinz-Heinrich-Mütze. Ihm zur Seite steht sein junger Kollege Ulfert Jansen, der seinem hemdsärmeligen Chef jedoch ein paar Dienstjahre beim BKA Berlin voraushat und sich ihm deshalb manchmal überlegen wähnt. Und dann ist da noch Altje Remels von der Schutzpolizei: blond, blauäugig und übergewichtig. Die derbe Nebenerwerbslandwirtin packt als starke Ostfriesin auch schon mal Bullen bei den Hörnern – und damit sind dann nicht die Kollegen gemeint!

In der Reihe sind bisher folgende Ostfriesenkrimis erschienen:

»Die Tote im Tief«, Band 1
Taschenbuch-ISBN: 978-3-95573-749-8
eBook-ISBN: 978-395573-751-1

Klappentext »Die Tote im Tief«

Bernhardine Geiken wurde ermordet, ihre Leiche mit einer Ankerkette beschwert im Knockster Tief versenkt. Kriminalhauptkommissar Steen und seine Kollegen stehen bei der Suche nach dem Motiv vor einer schwierigen Aufgabe, denn je tiefer sie im Leben des Opfers graben, desto mehr Abgründe tun sich auf. Die nach außen hin harmlos wirkende alte Dame hatte offenbar ein gut abgeschirmtes Doppelleben geführt und Hass und Zorn auf sich gezogen. Es gibt genug Verdächtige, die gute Gründe gehabt hätten, sie umzubringen. Doch das Morden geht weiter! Innerhalb kurzer Zeit gibt es zwei weitere

Leichen zwischen Emden und dem Großen Meer. Alle drei Morde hängen zusammen – aber auf ganz andere Weise, als die Ermittler zunächst glauben …

»Der Tote am Delft«, Band 2
Taschenbuch-ISBN: 978-3-95573-824-2
eBook-ISBN: 978-3-95573-825-9

»Der Tote von der Knock«, Band 3
Taschenbuch-ISBN: 978-3-95573-902-7
eBook-ISBN: 978-3-95573-903-4

»Der Tote am Borkumkai«, Band 4
Taschenbuch-ISBN: 978-3-96586-019-4
eBook-ISBN: 978-3-96586-021-6

»Der Tote vom Großen Meer«, Band 5
Taschenbuch-ISBN: 978-3-96586-122-0
eBook-ISBN: 978-3-96586-123-7

»Der Tote von Twixlum«, Band 6
Taschenbuch-ISBN: 978-3-96586-178-7
eBook-ISBN: 978-3-96586-179-4

»Die Tote mit dem Buddelschiff«, Band 7
Taschenbuch-ISBN: 978-3-96586-239-5
eBook-ISBN: 978-3-96586-240-1

»Der Tote im Torfschiff«, Band 8
Taschenbuch-ISBN: 978-3-96586-312-5
eBook-ISBN: 978-3-96586-313-2

»Der Tote im Ferienhaus«, Band 9
Taschenbuch-ISBN: 978-3-96586-334-7
eBook-ISBN: 978-3-96586-335-4

»Der Tote auf dem Katamaran«, Band 10
Taschenbuch-ISBN: 978-3-96586-401-6
eBook-ISBN: 978-3-96586-402-3

»Die Tote in Ostfriesland«, Band 11
Taschenbuch-ISBN: 978-3-96586-457-3
eBook-ISBN: 978-3-96586-458-0

»Der Tote mit der Teetasse«, Band 12
Taschenbuch-ISBN: 978-3-96586-535-8
eBook-ISBN: 978-3-96586-536-5

»Der Tote in der Seemannskiste«, Band 13
Taschenbuch-ISBN: 978-3-96586-611-9
eBook-ISBN: 978-3-96586-612-6

»Der Tote im Tretboot«, Band 14
Taschenbuch-ISBN: 978-3-96586-685-0
eBook-ISBN: 978-3-96586-686-7

»Die Tote aus Larrelt«, Band 15
Taschenbuch-ISBN: 978-3-96586-767-3
eBook-ISBN: 978-3-96586-768-0

Klarant Verlag

Lernen Sie die Ostfrieslandkrimi-Titel des Klarant Verlages kennen und besuchen Sie uns im Internet unter:

www.ostfrieslandkrimi.de

und

www.klarant.de

Sie können dort Näheres über unsere Autorinnen und Autoren erfahren, viele weitere interessante Bücher und eBooks finden und Leseproben herunterladen. Mit dem kostenlosen Newsletter auf:

www.ostfrieslandkrimi-lesen.de

erhalten Sie aktuelle Informationen rund um das Verlagsprogramm, wie beispielsweise spannende Neuerscheinungen und Gewinnspiele.